# DANS LE LABYRINTHE

UN RÉGICIDE, *roman, 1949.*
LES GOMMES, *roman, 1953.*
LE VOYEUR, *roman, 1955.*
LA JALOUSIE, *roman, 1957.*
DANS LE LABYRINTHE, *roman, 1959.*
L'ANNÉE DERNIÈRE À MARIENBAD, *ciné-roman, 1961.*
INSTANTANÉS, *nouvelles, 1962.*
L'IMMORTELLE, *ciné-roman, 1963.*
POUR UN NOUVEAU ROMAN, *essai, 1963.*
LA MAISON DE RENDEZ-VOUS, *roman, 1965.*
PROJET POUR UNE RÉVOLUTION À NEW YORK, *roman, 1970.*
GLISSEMENTS PROGRESSIFS DU PLAISIR, *ciné-roman, 1974.*
TOPOLOGIE D'UNE CITÉ FANTÔME, *roman, 1976.*
SOUVENIRS DU TRIANGLE D'OR, *roman, 1978.*
DJINN, *roman, 1981.*
LA REPRISE, *roman, 2001.*
C'EST GRADIVA QUI VOUS APPELLE, *ciné-roman, 2002.*
LA FORTERESSE, *scénario pour Michelangelo Antonioni, 2009.*

*Romanesques*
I. LE MIROIR QUI REVIENT, *1985.*
II. ANGÉLIQUE, OU L'ENCHANTEMENT, *1988.*
III. LES DERNIERS JOURS DE CORINTHE, *1994.*


*Chez d'autres éditeurs*

LE VOYAGEUR. Textes, causeries et entretiens, 1947-2001,
*Christian Bourgois, 2001.*
SCÉNARIOS EN ROSE ET NOIR. 1966-1983, *Fayard, 2005.*
PRÉFACE À UNE VIE D'ÉCRIVAIN, *Le Seuil, 2005.*
UN ROMAN SENTIMENTAL, *Fayard, 2007.*
POURQUOI J'AIME BARTHES, *Christian Bourgois, 2009.*

ALAIN ROBBE-GRILLET

# DANS
# LE LABYRINTHE

LES ÉDITIONS DE MINUIT

© 1959 by Les Éditions de Minuit
www.leseditionsdeminuit.fr
ISBN : 978-2-7073-0082-9

*Ce récit est une fiction, non un témoignage. Il décrit une réalité qui n'est pas forcément celle dont le lecteur a fait lui-même l'expérience : ainsi les fantassins de l'armée française ne portent-ils pas leur numéro matricule sur le col de la capote. De même, l'Histoire récente d'Europe occidentale n'a-t-elle pas enregistré de bataille importante à Reichenfels, ou dans les environs. Il s'agit pourtant ici d'une réalité strictement matérielle, c'est-à-dire qu'elle ne prétend à aucune valeur allégorique. Le lecteur est donc invité à n'y voir que les choses, gestes, paroles, événements, qui lui sont rapportés, sans chercher à leur donner ni plus ni moins de signification que dans sa propre vie, ou sa propre mort.*

A. R.-G.

Je suis seul ici, maintenant, bien à l'abri. Dehors il pleut, dehors on marche sous la pluie en courbant la tête, s'abritant les yeux d'une main tout en regardant quand même devant soi, à quelques mètres devant soi, quelques mètres d'asphalte mouillé ; dehors il fait froid, le vent souffle entre les branches noires dénudées ; le vent souffle dans les feuilles, entraînant les rameaux entiers dans un balancement, dans un balancement, balancement, qui projette son ombre sur le crépi blanc des murs. Dehors il y a du soleil, il n'y a pas un arbre, ni un arbuste, pour donner de l'ombre, et l'on marche en plein soleil, s'abritant les yeux d'une main tout en regardant devant soi, à quelques mètres seulement devant soi, quelques mètres d'asphalte poussiéreux où le vent dessine des parallèles, des fourches, des spirales.

Ici le soleil n'entre pas, ni le vent, ni la pluie, ni la poussière. La fine poussière qui ternit le brillant des surfaces horizontales, le bois verni de la table, le plancher ciré, le marbre de la cheminée, celui de la commode, le marbre fêlé de la commode, la seule poussière provient de la chambre elle-même : des raies du plancher peut-être, ou bien du lit, ou des rideaux, ou des cendres dans la cheminée.

Sur le bois verni de la table, la poussière a marqué l'emplacement occupé pendant quelque temps — pendant quelques heures, quelques jours, minutes, semaines — par de menus objets, déplacés depuis, dont la base s'inscrit avec netteté pour quelque temps encore, un rond, un carré, un rectangle, d'autres formes moins simples, certaines se chevauchant en partie, estompées déjà, ou à demi effacées comme par un coup de chiffon.

Lorsque le contour est assez précis pour permettre d'identifier la forme avec certitude, il est aisé de retrouver l'objet original, non loin de là. Ainsi la trace circulaire a-t-elle été visiblement laissée par un cendrier de verre, qui est posé juste à côté. De même, un peu à l'écart, le carré qui occupe le coin gauche de la table, vers l'arrière, correspond au pied d'une lampe en cuivre placée maintenant dans le coin droit : un socle carré, haut d'environ deux centimètres, surmonté d'un disque de même épaisseur portant en son centre une colonne cannelée.

L'abat-jour projette au plafond un cercle de

lumière. Mais ce cercle n'est pas entier : un de ses bords se trouve coupé, à la limite du plafond, par la paroi verticale, celle qui est située derrière la table. Cette paroi, au lieu du papier peint qui recouvre entièrement les trois autres, est dissimulée du haut en bas, et sur la plus grande partie de sa largeur, par d'épais rideaux rouges, faits d'un tissu lourd, velouté.

Dehors il neige. Le vent chasse sur l'asphalte sombre du trottoir les fins cristaux secs, qui se déposent après chaque rafale en lignes blanches, parallèles, fourches, spirales, disloquées aussitôt, reprises aussitôt dans les tourbillons chassés au ras du sol, puis figés de nouveau, recomposant de nouvelles spirales, volutes, ondulations fourchues, arabesques mouvantes aussitôt disloquées. On marche en courbant un peu plus la tête, en appliquant davantage sur le front la main qui protège les yeux, laissant tout juste apercevoir quelques centimètres de sol devant les pieds, quelques centimètres de grisaille où les pieds l'un après l'autre apparaissent, et se retirent en arrière, l'un après l'autre, alternativement.

Mais le bruit saccadé des talons ferrés sur l'asphalte, qui se rapproche avec régularité le long de la rue rectiligne, sonnant de plus en plus clair dans le calme de la nuit pétrifiée par le gel, le bruit des talons ne peut arriver jusqu'ici, non plus

11

qu'aucun autre bruit du dehors. La rue est trop longue, les rideaux trop épais, la maison trop haute. Aucune rumeur, même assourdie, ne franchit jamais les parois de la chambre, aucune trépidation, aucun souffle d'air, et dans le silence descendent lentement de minces particules, à peine visibles sous la lumière de l'abat-jour, descendent doucement, verticalement, toujours à la même vitesse, et la fine poussière grise se dépose en couche uniforme, sur le plancher, sur le couvre-lit, sur les meubles.

Sur le plancher ciré, les chaussons de feutre ont dessiné des chemins luisants, du lit à la commode, de la commode à la cheminée, de la cheminée à la table. Et, sur la table, le déplacement des objets est aussi venu troubler la continuité de la pellicule ; celle-ci, plus ou moins épaisse suivant l'ancienneté des surfaces, s'interrompt même tout à fait çà et là : net, comme tracé au tire-ligne, un carré de bois verni occupe ainsi le coin arrière-gauche, non pas à l'angle même de la table, mais parallèlement à ses bords, en retrait d'environ dix centimètres. Le carré lui-même mesure une quinzaine de centimètres de côté. Le bois, brun-rouge, y brille, presque intact de tout dépôt.

Sur la droite, une forme simple plus estompée, recouverte déjà par plusieurs journées de sédi-

12

ments, transparaît cependant encore ; sous un certain angle, elle retrouve assez de netteté pour laisser suivre ses contours sans trop d'hésitation. C'est une sorte de croix : un corps allongé, de la dimension d'un couteau de table, mais plus large, pointu d'un bout et légèrement renflé de l'autre, coupé perpendiculairement par une barre transversale beaucoup plus courte ; cette dernière se compose de deux appendices flammés, disposés symétriquement de part et d'autre de l'axe principal, juste à la base de sa partie renflée, c'est-à-dire au tiers environ de la longueur totale. On dirait une fleur, le renflement terminal représentant une longue corolle fermée, en bout de tige, avec deux petites feuilles latérales au-dessous. Ou bien ce serait une figurine vaguement humaine : une tête ovale, deux bras très courts, et le corps se terminant en pointe vers le bas. Ce pourrait être aussi un poignard, avec son manche séparé par une garde de la forte lame obtuse à deux tranchants.

Plus à droite encore, dans la direction indiquée par la queue de la fleur, ou par la pointe du poignard, un cercle, à peine terni, est un peu entamé sur un de ses bords par un second cercle de même grandeur, non réduit, celui-là, à sa projection sur la table : le cendrier de verre. Viennent ensuite des lignes incertaines, entrecroisées, traces sans doute de papiers divers, dont les déplacements successifs ont brouillé la figure, très apparente par endroit, ou au contraire voilée de grisaille, et ailleurs plus qu'à demi effacée, comme par un coup de chiffon.

Au-delà se dresse la lampe, dans l'angle droit de la table : un socle carré de quinze centimètres de côté, un disque de même diamètre, une colonne cannelée portant un abat-jour sombre de conicité très faible. Sur le cercle supérieur de l'abat-jour, une mouche se déplace avec lenteur, d'un mouvement continu. Elle projette au plafond une ombre déformée, où ne se reconnaît plus aucun élément de l'insecte initial : ni ailes, ni corps, ni pattes ; l'ensemble s'est changé en un simple trait filiforme, une ligne brisée régulière, non fermée, comme un hexagone auquel manquerait un de ses côtés : l'image du filament incandescent de l'ampoule électrique. Ce petit polygone ouvert touche, par un de ses angles, le bord intérieur du vaste rond de lumière produit par la lampe. Il s'y déplace avec lenteur, mais d'un mouvement continu, tout au long de la circonférence. Lorsqu'il arrive à la paroi verticale, il disparaît dans les plis du lourd rideau rouge.

Dehors il neige. Dehors il a neigé, il neigeait, dehors il neige. Les flocons serrés descendent doucement, dans une chute uniforme, ininterrompue, verticale — car il n'y a pas un souffle d'air — devant les hautes façades grises, dont ils empêchent de bien distinguer la disposition, l'alignement des toits, la situation des ouvertures. Ce doivent être des rangées toutes semblables de fenêtres régulières, se répétant à tous les niveaux, d'un bout à l'autre de la rue rectiligne.

Un croisement, à angle droit, montre une seconde rue toute semblable : même chaussée sans voitures, mêmes façades hautes et grises, mêmes fenêtres closes, mêmes trottoirs déserts. Au coin du trottoir, un bec de gaz est allumé, bien qu'il fasse grand jour. Mais c'est un jour sans éclat, qui rend toutes choses plates et ternes. Au lieu des perspectives spectaculaires auxquelles ces enfilades de maisons devraient donner naissance, il n'y a qu'un entrecroisement de lignes sans signification, la neige qui continue de tomber ôtant au paysage tout son relief, comme si cette vue brouillée était seulement mal peinte, en faux-semblant, contre un mur nu.

À la limite du mur et du plafond, l'ombre de la mouche, image grossie du filament de l'ampoule électrique, reparaît et poursuit son circuit, sur le bord du cercle blanc violemment éclairé par la lampe. Sa vitesse est toujours la même : faible et constante. Dans la zone obscure qui s'étend sur la gauche, un point de lumière se détache, correspondant à un petit trou rond dans le parchemin sombre de l'abat-jour ; ce n'est pas exactement un point, mais une mince ligne brisée, non fermée, un hexagone régulier dont un côté manque : une nouvelle image agrandie, fixe cette fois, de la même source lumineuse, le même fil incandescent.

C'est encore le même filament, celui d'une lampe identique ou à peine plus grosse, qui brille pour rien au carrefour des deux rues, enfermé dans sa cage de verre en haut d'un pied de fonte, ancien bec de gaz aux ornements démodés devenu lampadaire électrique.

Contre la base conique du support en fonte, évasée vers le bas, entourée de plusieurs bagues plus ou moins saillantes, s'enroulent de maigres rameaux d'un lierre théorique, en relief : tiges ondulées, feuilles palmées à cinq lobes pointus et cinq nervures très apparentes, où la peinture noire qui s'écaille laisse voir le métal rouillé. Un peu plus haut, une hanche, un bras, une épaule s'appuient contre le fût du réverbère. L'homme est vêtu d'une capote militaire de teinte douteuse, passée, tirant sur le vert ou sur le kaki. Son visage est grisâtre ; les traits en sont tirés, et donnent l'impression d'une extrême fatigue ; mais peut-être une barbe de plus d'un jour est-elle pour beaucoup dans cette impression. L'attente prolongée, l'immobilité prolongée dans le froid peuvent aussi avoir enlevé leurs couleurs aux joues, au front, aux lèvres.

Les paupières sont grises, comme le reste ; elles sont baissées. La tête est inclinée en avant. Le regard se trouve dirigé vers le sol, c'est-à-dire vers le bord du trottoir, enneigé, devant le pied du réverbère et les deux gros souliers de marche à bout arrondi, dont le cuir grossier présente des éraflures et autres marques de chocs divers, plus ou moins bien recouvertes par le cirage noir. La couche de neige n'est pas assez épaisse pour s'enfoncer de façon visible sous les pieds, si bien que les semelles des chaussures reposent — ou peu s'en faut — au niveau de la surface blanche qui s'étend autour d'elles. Au bord du trottoir, cette surface est vierge de toute trace, sans éclat mais intacte, égale, finement pointillée de ses granulations originelles. Un peu de neige s'est accumulée à la partie supérieure du dernier anneau saillant qui enserre la base élargie du réverbère, formant un cercle blanc au-dessus du cercle noir par lequel celui-ci repose sur le sol. Plus haut, des flocons sont aussi restés accrochés aux autres aspérités du cône, soulignant d'une ligne blanche les bagues successives, les contours supérieurs des feuilles de lierre, ainsi que tous les fragments de tiges et de nervures horizontaux ou de faible pente.

Mais le bas de la capote a balayé quelques-uns de ces menus amas, de même que les chaussures, en changeant plusieurs fois de position, ont tassé la neige dans leurs alentours immédiats, laissant par endroit des taches plus jaunes, des morceaux durcis à demi soulevés, et les marques profondes des têtes de clous rangées en quinconces. Devant la commode, les chaussons de feutre ont dessiné dans la poussière une large zone brillante, et une autre devant la table, à l'emplacement que devrait occuper un fauteuil de bureau, ou une chaise, un tabouret, ou un siège quelconque. De l'une à l'autre est tracé un étroit chemin de parquet luisant ; un second chemin va de la table jusqu'au lit. Parallèlement au mur des maisons, un peu plus près de celui-ci que du caniveau de la rue, un chemin rectiligne marque aussi le trottoir enneigé. D'un gris jaunâtre, produit par le piétinement de personnages maintenant disparus, il passe entre le lampadaire allumé et la porte du dernier immeuble, puis tourne à angle droit et s'éloigne dans la rue perpendiculaire, toujours longeant le pied des façades, au tiers environ de la largeur du trottoir, d'un bout à l'autre de sa longueur.

Un autre chemin repart, ensuite, du lit vers la commode. De là, l'étroite bande de parquet brillant qui ramène depuis la commode vers la table, joignant les deux larges ronds dépoussiérés, s'incurve légèrement pour passer plus près de la cheminée, dont le tablier est ouvert sur un amoncellement de cendres, sans chenets. Le marbre noir de la cheminée, comme tout le reste, est recouvert de poussière grise. Mais la couche est moins épaisse que sur la table ou sur le plancher, et elle est uniforme sur toute la surface de la tablette ; aucun objet présent n'encombre celle-ci et un seul y a laissé sa trace, nette et noire au beau milieu du rectangle. C'est la même croix à quatre branches : une allongée et pointue, une plus courte et ovale dans le prolongement de la première, et deux très petites en forme de flammes plantées perpendiculairement de chaque côté.

Un motif analogue orne encore le papier peint des murs. C'est un papier gris pâle, rayé verticalement de bandes à peine plus foncées ; entre les bandes foncées, au milieu de chaque bande claire, court une ligne de petits dessins, tous identiques, d'un gris très sombre : un fleuron, une espèce de clou de girofle, ou un minuscule flambeau, dont le manche est constitué par ce qui était tout à l'heure la lame d'un poignard, le manche de ce poignard figurant maintenant la flamme, et les deux appendices latéraux en forme de flamme, qui étaient la garde du poignard, représentant cette fois la petite coupe qui empêche les matières brûlantes de couler le long du manche.

Mais cela pourrait être plutôt une sorte de torche électrique, car l'extrémité de ce qui est censé produire la lumière est nettement arrondie, comme une ampoule oblongue, au lieu d'être pointue comme une flamme. Le motif, reproduit des milliers de fois du haut en bas des murs tout autour de la chambre, est une simple silhouette de la taille d'un gros insecte, colorée d'une teinte uniforme, si bien qu'il est difficile de l'interpréter : aucun relief en particulier n'y est discernable, non plus que le filament incandescent qui doit se trouver à l'intérieur de l'ampoule. L'ampoule est d'ailleurs cachée par l'abat-jour. Seule est visible au plafond l'image du filament : petit hexagone interrompu se détachant en ligne lumineuse sur le fond d'ombre, et plus loin vers la droite un petit hexagone identique, mais mobile, se détachant en ombre chinoise sur le cercle de lumière projeté par la lampe, s'avançant lentement, régulièrement, le long de la courbe intérieure, jusqu'au moment où, arrivé à la paroi verticale, il disparaît.

Le soldat porte un paquet sous son bras gauche. Son bras droit, de l'épaule jusqu'au coude, s'appuie contre le réverbère. La tête est tournée vers la rue, montrant la barbe mal rasée et le numéro matricule sur le col de la capote, cinq ou six chiffres noirs dans un losange rouge. Par derrière, la porte de l'immeuble qui fait le coin de la rue n'est pas tout à fait fermée — non pas entrebâillée non plus, mais son battant mobile juste poussé contre le battant fixe, plus étroit, laissant entre eux peut-être un interstice de quelques centimètres, une raie verticale d'obscurité. Sur la droite s'alignent les fenêtres des rez-de-chaussée, dont la succession n'est interrompue que par les portes des immeubles, fenêtres identiques et portes identiques, assez semblables elles-mêmes aux fenêtres par leur forme et leurs dimensions. On ne voit pas une seule boutique d'un bout à l'autre de la rue.

Sur la gauche de la porte aux vantaux mal joints, il y a seulement deux fenêtres, puis l'arête de la maison, puis dans la direction perpendiculaire une nouvelle succession de fenêtres et portes identiques, qui paraissent être l'image des premières, comme si un miroir avait été dressé là, faisant un angle obtus (un angle droit augmenté de la moitié d'un angle droit) avec le plan des façades ; et la même série se répète : deux fenêtres, une porte, quatre fenêtres, une porte, etc. La première porte est entrouverte sur un corridor obscur, laissant entre ses deux battants inégaux un intervalle noir assez large pour que s'y glisse un homme, ou du moins un enfant.

Devant la porte, au bord du trottoir, un réverbère est allumé, bien qu'il fasse encore jour. Mais la clarté douteuse, terne et diffuse, de ce paysage de neige permet à celle de l'ampoule électrique de s'imposer au premier regard : un peu plus brillante, un peu plus jaune, un peu mieux localisée. Contre le pied du réverbère est appuyé un soldat, nu-tête, le visage baissé, les deux mains cachées dans les poches de sa capote. Il a, sous son bras droit, un paquet enveloppé de papier brun, quelque chose comme une boîte à chaussures, avec une ficelle blanche nouée sans doute en croix ; mais seule est visible la partie de cette ficelle qui entoure la boîte dans le sens de sa longueur, l'autre partie, si elle existe, étant dissimulée par la manche de la capote. Sur cette manche, au niveau du coude, il y a plusieurs traînées sombres qui pourraient être des traces de boue fraîche, ou de peinture, ou de cambouis.

La boîte enveloppée de papier brun se trouve maintenant sur la commode. Elle n'a plus sa ficelle blanche, et le papier d'emballage, soigneusement replié sur le petit côté du parallélépipède, bâille légèrement en un bec aux lignes précises, pointant obliquement vers le bas. À cet endroit, le marbre de la commode présente une longue fêlure, peu sinueuse, qui passe en biais sous le coin de la boîte et atteint le mur vers le milieu du meuble. Juste au-dessus est accroché le tableau.

Le tableau encadré en bois verni, le papier rayé des murs, la cheminée aux cendres entassées, la table-bureau avec sa lampe à l'abat-jour opaque et son cendrier de verre, les lourds rideaux rouges, le grand lit-divan couvert de la même étoffe rouge et veloutée, la commode enfin et ses trois tiroirs, le marbre fêlé, le paquet brun qui est posé dessus, et au-dessus encore le tableau, et les lignes verticales de petits insectes gris qui montent jusqu'au plafond.

Dehors, le ciel est toujours de la même blancheur sans éclat. Il fait jour encore. La rue est déserte : ni voitures sur la chaussée, ni piétons sur les trottoirs. Il a neigé ; et la neige n'a pas encore fondu. Elle forme une couche assez peu épaisse — quelques centimètres — mais parfaitement régulière, qui recouvre toutes les surfaces horizontales de la même couleur blanche, terne et neutre. Les seules traces qui s'y remarquent sont les sentiers rectilignes, parallèles aux files d'immeubles et aux caniveaux encore bien visibles (rendus même plus nets par leur bordure verticale restée noire), et séparant les trottoirs en deux bandes inégales dans toute leur longueur. Au carrefour, au pied d'un réverbère, un petit rond de neige piétinée présente la même teinte jaunâtre que les étroits sentiers qui longent les maisons. Les portes sont closes. Les fenêtres sont vacantes de toute silhouette, collée aux carreaux ou même estompée à l'arrière-plan, dans les profondeurs des chambres.

La platitude de tout ce décor ferait croire, d'ailleurs, qu'il n'y a rien derrière ces carreaux, derrière ces portes, derrière ces façades. Et toute la scène demeure vide : sans un homme, ni une femme, ni même un enfant.

Le tableau, dans son cadre de bois verni, représente une scène de cabaret. C'est une gravure en noir et blanc datant de l'autre siècle, ou une bonne reproduction. Un grand nombre de personnages emplit toute la scène : une foule de consommateurs, assis ou debout, et, tout à fait sur la gauche, le patron, légèrement surélevé derrière son comptoir.

Le patron est un gros homme chauve, en tablier. Il est penché en avant, s'appuyant des deux mains au bord du comptoir, surplombant les quelques verres à demi pleins qui garnissent celui-ci, ses épaules massives courbées vers un petit groupe de bourgeois, en vestes longues ou redingotes, qui semblent au milieu d'une discussion animée ; debout dans des attitudes diverses, ils sont pour la plupart en train d'effectuer avec les bras des gestes de grande envergure, affectant même parfois le corps entier, et sans doute très expressifs.

Sur la droite, c'est-à-dire au centre du tableau,

plusieurs groupes de buveurs sont assis autour de tables irrégulièrement disposées, entassées plutôt, dans un espace insuffisant pour contenir à l'aise tant de monde. Ceux-là aussi font des gestes démesurés et des contorsions violentes du visage, mais leurs mouvements comme leurs mimiques sont figés par le dessin, interrompus, arrêtés net en plein développement, ce qui en rend la signification également très incertaine ; d'autant plus que les paroles qui jaillissent de toutes parts ont été comme absorbées par une épaisse paroi de verre. Certains des personnages, emportés par la passion, sont à moitié dressés sur leurs chaises, ou leurs bancs, et tendent un bras par-dessus les têtes vers un interlocuteur plus éloigné. Partout des mains se lèvent, des bouches s'ouvrent, des bustes et des cous se tordent, des poings se serrent, appliqués sur une table ou brandis dans le vide.

À l'extrême droite, une masse d'hommes, vêtus presque tous en ouvriers comme ceux qui sont assis aux tables, tournent le dos à ces derniers, se pressant les uns contre les autres pour apercevoir quelque affiche ou image placardée contre le mur. Un peu en avant, entre ces dos tournés et la première rangée de buveurs tournée dans l'autre sens, un gamin est assis à même le sol au milieu des jambes aux pantalons déformés, parmi les gros souliers qui piétinent et tentent de progresser vers sa gauche ; de l'autre côté, il est en partie protégé par le banc. L'enfant est représenté de face. Il a les deux jambes repliées sous lui ; il ferme ses deux bras autour d'une grosse boîte, quelque chose comme une boîte à chaussures. Personne ne s'occupe de lui. Peut-être a-t-il été renversé dans une bousculade. Il y a en outre, non loin de là, au premier plan, une chaise renversée qui gît sur le sol.

À l'écart, comme séparés de la foule qui les entoure par une zone inoccupée — étroite certes, mais suffisante néanmoins pour que leur isolement soit sensible, suffisante en tout cas pour les signaler au regard bien qu'ils se situent à l'arrière-plan — trois soldats, assis à une table plus petite, l'avant-dernière vers le fond sur le côté droit, tranchent par leur immobilité et leur raideur avec les civils qui emplissent la salle. Les soldats ont la tête droite, les mains posées sur une sorte de toile cirée à carreaux ; ils n'ont pas de verres devant eux. Eux seuls enfin ont la tête couverte, par un bonnet de police à courtes pointes. Tout à fait au fond, les dernières tablées se mélangent plus ou moins à des gens debout, en un fouillis assez tumultueux dont le dessin est d'ailleurs plus flou. Au-dessous de l'estampe, dans la marge blanche, une légende est calligraphiée en écriture anglaise : « La défaite de Reichenfels ».

À mieux observer, l'isolement des trois soldats apparaît comme produit moins par l'espace minime qui se trouve entre eux et la foule que par la direction des regards alentour. Les silhouettes du fond ont toutes l'air de passer — d'essayer plutôt, car le passage est malaisé — pour se rendre sur la gauche du tableau, où se situe peut-être une porte (mais cette issue hypothétique ne peut se voir sur le dessin, à cause d'une série de portemanteaux surchargés de chapeaux et de vêtements) ; les têtes regardent devant elles (c'est-à-dire vers les portemanteaux), sauf une çà et là qui se retourne pour parler à quelqu'un demeuré en arrière. La foule massée sur la droite regarde exclusivement vers le mur de droite. Les buveurs attablés sont tournés de façon naturelle, dans chaque cercle, vers le centre de la compagnie, ou bien vers un voisin, immédiat ou non. Quant aux bourgeois devant le comptoir, ils ne s'intéressent eux aussi qu'à leur propre conversation, vers laquelle le patron se penche sans s'inquiéter du reste de sa clientèle. Entre les différents groupes circulent de nombreux individus non encore fixés, mais c'est dans l'intention évidente d'adopter bientôt l'une des attitudes entre lesquelles ils ont le choix : aller regarder les affiches, s'asseoir à l'une des tables, ou bien se rendre derrière les portemanteaux ; il suffit de les considérer un instant pour s'apercevoir qu'ils ont déjà tous décidé de leur occupation prochaine ; pas plus qu'à l'intérieur des groupes, on ne lit ici sur aucune figure, dans aucun mouvement, l'hésitation, la perplexité, le débat intérieur ou le repliement sur soi. Les trois soldats, au contraire, paraissent abandonnés. Ils ne conversent pas entre eux ; ils ne s'intéressent à rien de précis : ni affiche, ni verre, ni voisinage. Ils n'ont rien à faire. Personne ne les regarde, et eux n'ont rien à regarder non plus. L'orientation de leurs visages — l'un de face, l'autre de profil, le dernier de trois-quarts arrière — n'indique aucun sujet commun d'attention. Le premier, le seul dont les traits soient entièrement visibles, montre d'ailleurs des yeux fixes, vides, sans expression aucune.

Le contraste entre les trois soldats et la foule est encore accentué par une netteté de lignes, une précision, une minutie beaucoup plus marquées que pour les personnages placés sur le même plan. L'artiste les a représentés avec autant de soin dans le détail et presque autant de force dans le tracé que s'ils avaient été assis sur le devant de la scène. Mais la composition est si touffue que cela ne se remarque pas au premier abord. Le visage qui se présente de face, en particulier, a été fignolé d'une façon qui semble sans rapport avec le peu de sentiment dont il était chargé. Aucune pensée ne s'y devine. C'est seulement un visage fatigué, plutôt maigre, encore amaigri par une barbe qui n'a pas été rasée depuis plusieurs jours. Cette maigreur, ces ombres qui accusent les traits, sans pour cela mettre en relief la moindre particularité notable, font cependant ressortir l'éclat des yeux largement ouverts.

La capote militaire est boutonnée jusqu'au col, où se trouve inscrit le numéro matricule, de chaque côté, sur un losange d'étoffe rapporté. Le calot est posé droit sur le crâne, dont il cache entièrement les cheveux, coupés très ras comme on peut en juger d'après les tempes. L'homme est assis, raide, les mains posées à plat sur la table que recouvre une toile cirée à carreaux blancs et rouges.

Il a fini son verre depuis longtemps. Il n'a pas l'air de songer à s'en aller. Pourtant, autour de lui, le café s'est vidé de ses derniers clients. La lumière a baissé, le patron ayant éteint la plus grande partie des lampes avant de quitter lui-même la salle.

Le soldat, les yeux grands ouverts, continue de fixer la pénombre devant soi, à quelques mètres devant soi, là où se dresse l'enfant, immobile et rigide lui aussi, debout, les bras le long du corps. Mais c'est comme si le soldat ne voyait pas l'enfant — ni l'enfant ni rien d'autre. Il a l'air de s'être endormi de fatigue, assis contre la table, les yeux grands ouverts.

C'est l'enfant qui prononce les premières paroles. Il dit : « Tu dors ? » Il a parlé très bas, comme s'il craignait de réveiller le dormeur. Celui-ci n'a pas bronché. Au bout de quelques secondes, l'enfant répète, à peine un peu plus haut :

« Tu dors ? » Et il ajoute, de la même voix neutre, légèrement chantante : « Tu peux pas dormir là, tu sais. »

Le soldat n'a pas bronché. L'enfant pourrait croire qu'il est seul dans la salle, qu'il joue seulement à faire la conversation avec quelqu'un qui n'existe pas, ou bien avec une poupée, un mannequin, qui ne saurait répondre. Dans ces conditions, il était en effet inutile de parler plus fort ; la voix était bien celle d'un enfant qui se raconte à lui-même une histoire.

Mais la voix s'est tue, comme incapable de lutter plus avant contre le silence ; et celui-ci s'installe de nouveau. L'enfant s'est peut-être endormi à son tour.

« Non… Oui… Je sais », dit le soldat.

Ils n'ont bougé ni l'un ni l'autre. L'enfant est toujours debout dans la pénombre, les bras le long du corps. Il n'a même pas vu remuer les lèvres de l'homme, assis à la table sous l'unique ampoule restée allumée dans la salle ; la tête n'a pas eu le moindre hochement, les yeux n'ont même pas cillé ; et la bouche est toujours close.

« Ton père... » commence le soldat. Puis il s'arrête. Mais cette fois les lèvres ont légèrement remué.

« C'est pas mon père », dit l'enfant.

Et il tourne la tête vers le rectangle noir de la porte vitrée.

Dehors il neige. Les petits flocons serrés ont recommencé à tomber sur la chaussée déjà blanche. Le vent, qui s'est levé, les chasse horizontalement et l'on doit marcher en courbant la tête, en courbant la tête un peu plus, en appliquant davantage sur le front la main qui protège les yeux, laissant tout juste apercevoir quelques centimètres carrés de neige crissante, peu épaisse, durcie déjà par les piétinements. Arrivé à un croisement, le soldat hésite, cherche du regard les plaques qui devraient indiquer le nom de cette voie transversale. Mais c'est en vain : les plaques d'émail bleu sont absentes, ou placées trop haut, et la nuit est trop noire ; et les petits flocons serrés ont vite fait d'aveugler celui qui s'obstine à lever les yeux. Du reste un nom de rue ne lui fournirait guère de renseignement utilisable, dans cette ville qu'il ne connaît pas.

Il hésite encore un moment, regarde à nouveau devant lui, puis, derrière lui, le chemin qu'il vient de parcourir, jalonné par l'alignement des lampadaires électriques, dont les lumières de plus en plus rapprochées, de moins en moins brillantes, disparaissent vite dans la nuit brouillée. Puis il s'engage, sur sa droite, dans la rue perpendiculaire, déserte aussi, bordée de maisons identiques, où se succèdent, assez éloignés les uns des autres mais à intervalles réguliers, les mêmes lampadaires dont la clarté maigre illumine au passage la chute oblique des flocons.

Les points blancs, serrés et rapides, tout à coup changent de sens ; traçant des traits verticaux pendant quelques instants, ils reprennent aussitôt une direction voisine de l'horizontale. Puis ils s'immobilisent soudain et se mettent, dans une brusque saute de vent, à se précipiter en sens inverse, suivant une oblique d'aussi faible pente mais dirigée du côté opposé, qu'ils abandonnent sans plus de transition au bout de deux ou trois secondes pour retrouver leur orientation primitive, traçant de nouveau des traits parallèles presque horizontaux, qui traversent de gauche à droite la zone éclairée, vers les fenêtres sans lumière.

Dans l'embrasure des fenêtres, la neige s'est accumulée en une couche inégale, très mince sur le bord de l'appui, plus épaisse vers le fond, formant du côté droit une masse déjà importante qui comble l'encoignure et monte jusqu'au carreau.

Toutes les fenêtres du rez-de-chaussée, l'une après l'autre, montrent exactement le même amas de neige, déporté sur la droite de la même façon.

Au carrefour suivant, sous le réverbère qui occupe l'angle du trottoir, un enfant s'est arrêté. Il est à demi caché par la colonne de fonte, dont la base élargie dissimule même tout à fait le bas de son corps. Il regarde vers le soldat qui s'approche. Il ne semble pas gêné par la tempête, ni par la neige qui blanchit par endroits ses vêtements noirs, pèlerine et béret. C'est un garçon d'une dizaine d'années, au visage attentif. Il tourne la tête à mesure que le soldat s'avance, de manière à le suivre des yeux tandis qu'il arrive à la hauteur du lampadaire, puis le dépasse. Comme le soldat ne va pas vite, l'enfant a le temps de bien l'examiner, de haut en bas : les joues mal rasées, la fatigue visible, la capote salie et fripée, les manches sans galon, le paquet au papier mouillé tenu sous le bras gauche, les deux mains enfouies dans les poches, les bandes molletières enroulées à la hâte, sans aucune régularité, l'arrière du soulier droit qui présente une large entaille sur la tige et le talon, haute de dix centimètres au moins et si profonde qu'elle semble devoir traverser toute l'épaisseur du cuir ; pourtant la chaussure n'est pas crevée et la partie entamée a seulement été passée au cirage noir, ce qui lui donne à présent

33

la teinte gris foncé des surfaces intactes avoisinantes.

L'homme s'est arrêté. Sans bouger le reste du corps, il a tourné la tête en arrière, vers l'enfant qui le regarde, éloigné déjà de trois pas, hachuré déjà de multiples lignes blanches.

Au bout d'un moment, le soldat pivote avec lenteur sur lui-même et amorce un mouvement en direction du réverbère. Le gamin se recule un peu plus, contre le pied de fonte ; il ramène en même temps vers ses jambes les pans libres de la pèlerine, en les tenant de l'intérieur, sans laisser voir les mains. L'homme s'est arrêté. Maintenant les rafales de neige ne le frappent plus en pleine figure, il peut tenir le front levé sans trop de mal.

« N'aie pas peur », dit-il.

Il fait un pas vers l'enfant et répète un peu plus fort : « N'aie pas peur. »

L'enfant ne répond pas. Sans paraître sentir les flocons serrés, qui lui font à peine plisser les yeux, il continue de regarder le soldat, bien en face. Celui-ci commence :

« Sais-tu où se trouve... »

Mais il ne va pas plus loin. La question qu'il allait poser n'est pas la bonne. Une saute de vent lui plaque de nouveau la neige au visage. Il tire la main droite de la poche de sa capote et l'applique en œillère contre sa tempe. Il n'a pas de gant, ses doigts sont rouges et tachés de cambouis. Quand la bourrasque est passée, il remet la main dans sa poche.

« Où est-ce qu'on va, par là ? » demande-t-il.

Le gamin ne dit toujours rien. Ses yeux ont quitté le soldat pour se porter vers le bout de la rue, dans la direction que l'homme a indiquée d'un signe de tête ; il y voit seulement la succession des lumières alignées, de plus en plus rapprochées, de moins en moins brillantes, qui se perdent dans la nuit.

« Eh bien, tu as peur que je te mange ?

— Non, dit l'enfant, j'ai pas peur.

— Alors, dis-moi où je vais, par là.

— Je ne sais pas », dit l'enfant.

Et il ramène les yeux vers ce soldat mal vêtu, mal rasé, qui ne sait pas lui-même où il va. Puis, sans prévenir, il exécute une brusque volte-face, contourne avec agilité le pied du réverbère et se met à courir à toutes jambes, le long des maisons, suivant en sens inverse le chemin que vient de prendre le soldat. En un instant il a disparu.

Au lampadaire suivant, la lumière électrique l'éclaire de nouveau durant quelques secondes ; il court toujours aussi vite ; les pans de sa pèlerine volent derrière lui. Il reparaît encore ainsi une fois, deux fois, à chaque réverbère, puis plus rien.

Le soldat fait demi-tour et poursuit sa route. La neige le frappe derechef en plein visage.

Il fait passer le paquet sous son bras droit, pour essayer de se garantir la figure avec sa main gauche, du côté où le vent souffle avec le plus de continuité. Mais il y renonce vite et rentre bientôt la main engourdie par le froid dans la poche de sa capote. Il se contente, afin de recevoir moins de neige dans les yeux, de détourner la tête et de l'incliner de côté, vers les fenêtres sans lumière, où la couche blanche continue de s'épaissir dans le coin droit de l'embrasure.

C'est cependant ce même gamin, à l'air sérieux, qui l'a conduit jusqu'au café tenu par l'homme qui n'est pas son père. Et c'était une scène semblable, sous un même lampadaire, à un carrefour identique. La neige tombait peut-être seulement avec un peu moins de violence. Les flocons étaient plus épais, plus lourds, plus lents. Mais le garçon répondait avec autant de réticence, serrant contre ses jambes les pans de la pèlerine noire. Il avait le même visage attentif, aussi impassible sous les flocons. Il hésitait aussi longtemps, à chaque question, avant de donner la réponse, qui ne fournissait à son interlocuteur aucun éclaircissement. Où arrivait-on par là ? Un long regard silencieux vers l'extrémité supposée de la rue, puis la voix tranquille :

« Au boulevard.

— Et par là ? »

Le gamin tourne lentement les yeux dans la nou-velle direction que l'homme vient de lui indiquer d'un signe de tête. Ses traits ne trahissent aucune difficile recherche, ni aucune incertitude lorsqu'il répète, du même ton neutre :

« Au boulevard.

— Le même ? »

De nouveau c'est le silence, et la neige qui tombe, de plus en plus lourde et lente.

« Oui », dit le gamin. Puis, après une pause : « Non », et pour finir, avec une violence soudaine : « C'est le boulevard !

— Et il est loin ? » demande encore le soldat.

L'enfant considère toujours la succession des lumières alignées, de plus en plus rapprochées, de moins en moins brillantes, qui de ce côté-là aussi se perdent dans la nuit brouillée.

« Oui », dit-il, de sa voix redevenue calme, loin-taine elle-même, comme absente.

Le soldat attend une minute encore, pour savoir si un « non » ne va pas suivre. Mais le gamin est déjà en train de courir le long des maisons, sur la piste de neige durcie que l'homme a empruntée en sens inverse quelques minutes plus tôt. Lorsque le fuyard traverse la zone éclairée par un lampadaire, on aperçoit la pèlerine sombre qui flotte largement autour de lui, pendant quelques secondes, une fois, deux fois, trois fois, plus réduite et moins nette à chaque apparition, jusqu'à n'être plus là-bas qu'un douteux tourbillon de neige.

Pourtant, c'est bien le même gamin qui précède le soldat quand celui-ci pénètre dans la salle de café. Avant de franchir le seuil, l'enfant secoue sa pèlerine noire et enlève son béret, qu'il tape à deux reprises contre le montant de bois de la porte vitrée, pour faire tomber les fragments de glace qui se sont formés dans les plis de l'étoffe. Le soldat a donc dû le rencontrer plusieurs fois, tandis qu'il tournait en rond dans le quadrillage des rues identiques. Il n'est jamais, en tout cas, parvenu à aucun boulevard, à aucune voie plus large ou plantée d'arbres, ou différente en quoi que ce fût. L'enfant avait fini par préciser quelques noms, les quelques noms de rues qu'il connaissait, évidemment inutilisables.

Il tape maintenant son béret d'un geste vif contre le montant de bois d'une porte vitrée, devant laquelle ils se sont arrêtés tous les deux. L'intérieur est vivement éclairé. Un petit rideau froncé d'étoffe blanche, translucide, masque la vue sur la partie inférieure du carreau. Mais, à hauteur d'homme, il est aisé d'observer toute la salle : le comptoir à gauche, les tables au milieu, à droite un mur couvert d'affiches de dimensions diverses.

38

Il y a peu de consommateurs, à cette heure déjà tardive : deux ouvriers assis à l'une des tables et un personnage, de mise plus recherchée, debout près du comptoir en métal terne, par-dessus lequel se penche le patron. Ce dernier est un homme de stature massive, dont la taille est rendue plus remarquable encore par la position légèrement surélevée qu'il occupe par rapport à son client. Ils ont en même temps, l'un et l'autre, tourné la tête vers la porte vitrée que vient de frapper le béret du gamin.

Mais ils n'aperçoivent que le visage du soldat, au-dessus du brise-bise. Et l'enfant, tandis qu'il manœuvre la poignée de la porte avec une main, tape de l'autre une seconde fois son béret contre le montant, qui s'écarte déjà du bâti fixe. Les yeux du patron ont quitté la tête blême du soldat qui se détache toujours sur le fond noir de la nuit, interrompue au ras du menton par le rideau, et s'abaissent le long de l'intervalle qui s'élargit de plus en plus, entre la porte et son cadre, pour livrer bientôt passage à l'enfant.

Aussitôt entré, celui-ci se retourne et fait signe au soldat de le suivre. Cette fois tous les regards se fixent sur le nouvel arrivant : celui du patron derrière son comptoir, celui du personnage en habits bourgeois qui se tient debout par-devant, ceux des deux ouvriers assis à table. L'un des deux, qui tournait le dos à la porte, a pivoté sur sa chaise, sans lâcher son verre à demi plein de vin rouge, posé au milieu de la table sur la toile cirée à petits carreaux. L'autre verre, juste à côté du premier, est également enserré par une grosse main, qui en cache entièrement, celle-ci, le contenu éventuel. Sur la gauche, un cercle de liquide rougeâtre marque un autre emplacement occupé précédemment par l'un de ces verres, ou par un troisième.

C'est ensuite le soldat lui-même qui se trouve attablé devant un verre semblable, à moitié plein du même vin de couleur sombre. Sur le damier de petits carreaux rouges et blancs de la toile cirée, le verre a laissé plusieurs traces circulaires, mais presque toutes incomplètes, dessinant une série d'arcs plus ou moins fermés, se chevauchant parfois l'un l'autre, à peu près secs à certains endroits, ailleurs encore brillants d'un reste de liquide, dont une pellicule demeure sur le dépôt plus noir déjà formé, et, dans d'autres parties du réseau, le dessin rendu plus trouble par des déplacements successifs trop rapprochées, ou même à demi effacé par des glissements, ou bien, peut-être, par un rapide coup de chiffon.


Le soldat, au pied de son réverbère, attend toujours, immobile, les deux mains dans les poches de sa capote, le même paquet sous son bras gauche. Il fait jour de nouveau, le même jour terne et pâle. Mais le réverbère est éteint. Ce sont les mêmes maisons, les mêmes rues désertes, les mêmes couleurs blanche et grise, le même froid.

La neige a cessé de tomber. La couche sur le sol n'est guère plus épaisse, peut-être un peu plus tassée seulement. Et les chemins jaunâtres, que les piétons pressés ont dessinés tout au long des trottoirs, sont les mêmes. Autour de ces étroits passages, la surface blanche est presque partout restée vierge ; de menues altérations se sont néanmoins produites çà et là, telle la zone arrondie que les grosses chaussures du soldat ont piétinée, contre le réverbère.

C'est l'enfant cette fois qui vient à sa rencontre. Il n'est d'abord qu'une silhouette indistincte, une tache noire irrégulière qui se rapproche, assez vite, en suivant l'extrême bord du trottoir. Chaque fois que la tache arrive au niveau d'un lampadaire, elle exécute un mouvement rapide vers celui-ci et reprend aussitôt sa course en avant, dans sa direction première. Bientôt il est facile de distinguer l'étroit pantalon noir qui enserre les jambes agiles, la cape noire rejetée en arrière qui vole autour des épaules, le béret de drap enfoncé jusqu'aux yeux. Chaque fois que l'enfant arrive au niveau d'un lam-

41

padaire, il étend brusquement son bras vers la colonne de fonte, à laquelle s'agrippe la main gantée de laine, tandis que tout le corps, lancé par la vitesse acquise, opère un tour complet autour de cet appui, les pieds ne touchant le sol qu'autant qu'il est nécessaire, l'enfant se retrouvant aussitôt dans sa position primitive, tout au bord du trottoir où il reprend sa course en avant, en direction du soldat.

Il peut n'avoir pas tout de suite remarqué celui-ci, qui se confond peut-être en partie avec la colonne de fonte contre laquelle sa hanche et son bras droit s'appuient. Mais, pour mieux observer le gamin, sa progression coupée de boucles et les tourbillons qui agitent la pèlerine à chacune d'elles, l'homme s'est avancé un peu, et l'enfant, parvenu à mi-chemin entre les deux derniers lampadaires, s'arrête d'un seul coup, les pieds joints, les mains ramenant autour du corps raidi la pèlerine retombée, la figure attentive aux yeux grands ouverts tournés vers le soldat.

« Bonjour », dit celui-ci.

L'enfant le considère sans surprise, mais aussi sans la moindre marque de bienveillance, comme s'il trouvait à la fois naturel et ennuyeux de le rencontrer à nouveau.

« Où tu as dormi ? » dit-il, à la fin.

Le soldat fait un signe vague, avec son menton,

sans prendre la peine de sortir une main de sa poche :

« Par là.

— À la caserne ?

— Oui, si tu veux, à la caserne. »

L'enfant détaille son costume, de la tête aux pieds. La capote verdâtre n'est ni plus ni moins fripée, les molletières sont enroulées avec autant de négligence, les souliers ont à peu près les mêmes taches de boue. Mais la barbe, peut-être, est encore plus noire.

« Où elle est, ta caserne ?

— Par là », dit le soldat.

Et il répète le même signe du menton, indiquant vaguement l'arrière, ou son épaule droite.

« Tu sais pas rouler tes molletières », dit l'enfant.

L'homme abaisse les yeux, et se courbe un peu en avant, vers ses chaussures :

« Maintenant, tu sais, ça n'a plus d'importance. »

En se redressant, il constate que le gamin est beaucoup plus proche qu'il ne s'attendait à le voir : trois ou quatre mètres seulement. Il ne croyait pas qu'il se fût arrêté si près de lui et ne se souvient pas, non plus, de l'avoir vu s'approcher ensuite. Cependant il n'est guère possible que l'enfant ait changé de place à l'insu du soldat, tandis que celui-ci baissait la tête : il aurait, en

43

un si court laps de temps, à peine pu faire un pas. Il se tient d'ailleurs exactement dans la même position qu'au début de l'entretien : raide dans sa pèlerine noire, tenue fermée — serrée, même, autour du corps — par les deux mains invisibles, et les yeux levés.

« Douze mille trois cent quarante-cinq », dit l'enfant, déchiffrant le numéro matricule sur le col de la capote.

« Oui, dit le soldat. Mais ce n'est pas mon numéro.

— Si. C'est écrit sur toi.

— Oh ! tu sais, maintenant...

— C'est même écrit deux fois. »

Et l'enfant sort un bras de sous sa pèlerine et le tend à l'horizontale, vers l'avant, pointant son index en direction des deux losanges rouges. Il porte un chandail bleu marine et un gant de même couleur, en laine tricotée.

« Bon... Si tu veux », dit le soldat.

L'enfant rentre son bras sous la pèlerine, qu'il referme avec soin en la tenant de l'intérieur.

« Qu'est-ce qu'il y a dans ton paquet ?

— Je t'ai déjà dit. »

L'enfant tourne brusquement la tête vers la porte de l'immeuble. Pensant qu'il a vu quelque chose d'anormal, le soldat l'imite, mais il n'aperçoit que la même raie verticale d'obscurité, large comme une main, qui sépare le battant mobile, entrouvert, du battant fixe. Comme le gamin continue d'observer avec attention de ce côté, l'homme essaie de distinguer quelque contour dans l'ombre de l'entrée, mais sans résultat.

Il finit par demander :

« Qu'est-ce que tu regardes ?

— Qu'est-ce qu'il y a dans ton paquet ? » répète l'enfant au lieu de répondre, et sans détourner les yeux de la porte entrebâillée.

« Je t'ai dit déjà : des affaires.

— Quelles affaires ?

— Des affaires à moi. »

Le gamin ramène le visage vers son interlocuteur :

« Tu as un sac, pour les mettre. Tous les soldats ont un sac. »

Il a pris de plus en plus d'assurance, au cours du dialogue. Sa voix, maintenant, n'est plus du tout lointaine, mais décidée, presque tranchante. L'homme au contraire parle de plus en plus bas :

« C'est fini, tu sais, à présent. C'est fini, la guerre... »

Il sent de nouveau toute sa fatigue. Il n'a plus envie de répondre à cet interrogatoire qui ne mène à rien. Il serait, pour un peu, prêt à donner le paquet au gamin. Il regarde, sous son bras, le papier d'emballage brun qui enveloppe la boîte ;

la neige, en séchant, y a laissé des cernes plus foncés, traces aux contours arrondis, frangés de minuscules festons ; la ficelle, détendue, a glissé vers un des angles.

Au-delà du gamin toujours immobile, le soldat regarde ensuite la rue, vide d'un bout à l'autre. S'étant retourné vers l'extrémité opposée, il retrouve, une fois de plus, la même perspective sans profondeur.

« Tu ne sais pas l'heure ? » dit-il en reprenant sa position initiale, contre la colonne de fonte.

Le gamin agite la tête, plusieurs fois, de gauche à droite et de droite à gauche.

« Il sert à manger, ton père, aux clients ?

— C'est pas mon père », dit l'enfant.

Et, sans laisser à l'homme le temps de reposer sa question, il pivote sur ses talons, pour se diriger d'un pas mécanique vers la porte entrouverte. Il monte la marche, pousse un peu plus le battant, se glisse dans l'ouverture et referme la porte derrière soi, sans la faire claquer, mais en laissant entendre néanmoins avec netteté le déclic du pêne qui reprend sa place.

Le soldat n'a plus devant les yeux que le trottoir enneigé, avec son sentier jaunâtre dans la partie droite, et, sur la gauche, une surface vierge marquée par une piste unique et régulière : deux souliers de petite pointure qui longent à grandes enjambées le caniveau, puis, arrivés à quatre mètres environ du dernier réverbère, se réunissent en un point plus appuyé et tournent à angle droit, pour rejoindre à pas menus le sentier et le passage plus exigu qui mène de celui-ci jusqu'à la porte de l'immeuble.

Le soldat lève la tête vers la façade grise aux rangées de fenêtres uniformes, sans balcon, soulignées d'un trait blanc au bas de chaque embrasure, pensant voir peut-être apparaître le gamin, quelque part derrière un carreau. Mais il sait bien que l'enfant à la pèlerine n'habite pas cette maison, puisqu'il l'a lui-même accompagné déjà jusque chez lui. À en juger par l'aspect des fenêtres, l'immeuble entier a l'air, du reste, inoccupé.

Les lourds rideaux rouges s'étendent sur toute la hauteur, du sol au plafond. La cloison qui leur fait face est garnie par la commode, avec, au-dessus, le tableau. L'enfant y est à sa place, assis à même le sol sur ses jambes repliées ; on dirait qu'il veut se glisser tout à fait sous le banc. Pourtant il continue d'observer vers l'avant de la scène, avec une attention dont témoigne, à défaut d'autre chose, la grande ouverture de ses yeux.

Cet indice, il est vrai, n'est pas très sûr : si l'artiste a considéré que la scène n'ouvrait sur rien, s'il n'y a vraiment rien dans son esprit sur le quatrième côté de cette salle rectangulaire dont il n'a représenté que trois murs, on peut dire que l'enfant a seulement les yeux dans le vide. Mais, dans ce cas, il n'était pas logique de choisir, pour le neutraliser ainsi, le seul des quatre côtés qui donne vraisemblablement sur quelque chose. Les trois parois figurées sur la gravure ne comportent en effet aucune espèce d'ouverture visible. Même si une issue se trouve au fond et à gauche, derrière les porte-manteaux, ce n'est certainement pas l'entrée principale du café, dont la disposition intérieure serait alors par trop anormale. La porte d'entrée, vitrée comme toujours, montrant en lettres d'émail blanc, collées sur le verre, le mot « café » et le nom du propriétaire en deux lignes incurvées se présentant leur côté concave, puis, au-dessous, un rideau froncé d'étoffe légère, translucide, obligeant celui qui veut regarder par-dessus à s'approcher tout contre la porte, cette porte d'entrée ne peut prendre place que sur la paroi absente du dessin, le reste de celle-ci étant occupé par une grande vitre, également voilée jusqu'à mi-hauteur par un long brise-bise, et ornée en son centre de trois boules en bas-relief — une rouge posée sur deux blanches — dans le cas du moins où l'issue située derrière les portemanteaux conduirait à une salle de billard.

L'enfant assis qui tient la boîte dans ses bras

regarderait donc du côté de l'entrée. Mais il est presque au ras du sol et ne peut certes pas voir la rue par-dessus le rideau. Il n'a pas les yeux levés, afin d'apercevoir quelque figure blême collée contre la vitre, coupée au ras du cou par le brise-bise. Son regard est à peu près horizontal. La porte vient-elle de s'ouvrir pour laisser le passage à un nouvel arrivant, qui étonnerait le gamin par son costume insolite : un soldat, par exemple ? Cette solution semble douteuse, car il est plus habituel de placer la porte du côté du comptoir, c'est-à-dire ici à l'extrême gauche, à l'endroit où un petit espace dégagé s'étend devant les personnages debout habillés de façon bourgeoise. L'enfant se tient au contraire sur la droite du tableau, où aucun passage, parmi l'encombrement des bancs et des tables, ne permettrait d'accéder au reste de la salle.

Le soldat, d'ailleurs, est entré depuis long-temps : il est assis à une table, loin derrière l'enfant, qui ne paraît guère s'intéresser à son costume. Le soldat regarde aussi vers l'avant de la scène, à un niveau à peine supérieur ; mais, comme il est beaucoup plus éloigné de la devanture, il n'a besoin de lever les yeux que de quelques degrés pour apercevoir la vitre au-dessus du rideau, et la neige qui tombe en flocons serrés, effaçant de nou-veau les empreintes, les traces de pas isolés, les sentiers jaunâtres entrecroisés qui longent les hautes façades.

Juste au coin de la dernière maison, debout contre l'arête du mur, dans la bande de neige blanche en forme de L comprise entre celui-ci et le sentier, le corps coupé verticalement par l'angle de pierre derrière lequel disparaissent un pied, une jambe, une épaule et tout un pan de la pèlerine noire, le gamin est en observation, les yeux fixés sur le lampadaire de fonte. Est-il ressorti de l'immeuble par une autre porte qui donnerait sur la rue transversale ? Ou bien est-il passé par une fenêtre du rez-de-chaussée ? Le soldat fait en tout cas semblant de ne pas avoir remarqué sa rentrée en scène. Appuyé à son réverbère, il s'applique à examiner la chaussée déserte, vers l'extrémité lointaine de la rue.

« Qu'est-ce que tu attends ? » Puis, sur le même ton, comme en écho, au bout d'une dizaine de secondes : « Qu'est-ce que tu attends là ? »

La voix est bien celle du gamin, une voix réfléchie, tranquille, sans bienveillance, un peu trop grave pour un garçon de dix ou douze ans. Mais elle paraît très proche, deux ou trois mètres à peine, alors que le coin de l'immeuble est au moins situé à huit. L'homme a envie de se retourner pour contrôler cette distance, et voir si l'enfant ne s'est pas de nouveau rapproché. Ou bien, sans le regarder, va-t-il lui répondre n'importe quoi : « Le tramway », ou : « La soupe », pour lui faire comprendre qu'il l'ennuie ? Il continue de scruter les alentours.

Quand il porte enfin ses regards vers le gamin, celui-ci a complètement disparu. Le soldat attend encore une minute, pensant qu'il s'est seulement reculé derrière l'arête de pierre et qu'il va bientôt risquer un œil hors de sa cachette. Mais rien de tel ne se produit.

L'homme abaisse les yeux sur la neige vierge, où les empreintes de tout à l'heure tournent à angle droit, devant lui. Dans la partie qui longe le bord du trottoir, les traces sont espacées et déformées par la course, un petit amas de neige ayant été tassé vers l'arrière par le mouvement du soulier ; au contraire, les quelques pas qui rejoignent le sentier montrent avec précision le dessin des semelles : une série de chevrons prenant toute la largeur du pied, et, sous le talon, une croix imprimée en creux au milieu d'un rond en relief — c'est-à-dire, pour le soulier lui-même, une croix en relief au milieu d'une dépression circulaire creusée dans le caoutchouc (un deuxième trou rond, beaucoup moins profond et de très faible diamètre, marquant peut-être encore le centre de la croix, avec la pointure indiquée par des chiffres en relief : trente-deux, trente-trois peut-être, ou trente-quatre).

Le soldat, qui s'était un peu penché pour observer les détails de l'empreinte, rejoint ensuite le sentier. En passant, il essaie de pousser la porte de
l'immeuble, mais celle-ci résiste : elle est vraiment
close. C'est une porte en bois plein, moulurée, dont
le battant est encadré de deux parties fixes, très
étroites. L'homme poursuit sa route vers le coin de
la maison et tourne dans la rue transversale, déserte
comme la précédente.

Cette nouvelle voie le conduit, comme la précédente, à un carrefour à angle droit, avec un dernier
lampadaire dressé dix mètres avant le bord en quart
de cercle du trottoir, et, tout autour, des façades
identiques. Sur la base en cône renversé du lampadaire s'enroule aussi une tige de lierre moulée dans
la fonte, ondulée de la même manière, portant exactement les mêmes feuilles aux mêmes endroits, les
mêmes ramifications, les mêmes accidents de végé-
tation, les mêmes défauts du métal. Tout le dessin
se trouve souligné par les mêmes liserés de neige.
C'était peut-être à ce carrefour-ci que la rencontre
devait avoir lieu.

Le soldat lève les yeux à la recherche des
plaques émaillées qui devraient signaler le nom de
ces rues. Sur une de ses faces, l'angle de pierre ne
porte aucune indication. Sur l'autre, à près de
trois mètres de hauteur, est apposée la plaque
bleue réglementaire, dont l'émail a sauté en larges

éclats, comme si des gamins s'étaient acharnés à la prendre pour cible avec de gros cailloux ; seul le mot « Rue » est encore lisible, et, plus loin, les deux lettres « ...na... » suivies d'un jambage interrompu par les franges concentriques du trou suivant. Le nom originel devait d'ailleurs être très court. Les déprédations sont assez anciennes, car le métal mis à nu est déjà profondément attaqué par la rouille.

Alors qu'il s'apprête à traverser la chaussée, en suivant toujours le mince sentier jauni, pour voir s'il ne découvrirait pas d'autres plaques en meilleur état, l'homme entend une voix toute proche, qui prononce trois ou quatre syllabes, dont il n'a pas le temps de saisir le sens. Il se retourne aussitôt ; mais il n'y a personne aux alentours. Sans doute, dans cette solitude, la neige conduit-elle les sons de façon particulière.

La voix était grave, et ne ressemblait pourtant pas à une voix d'homme... Une jeune femme à la voix très grave, cela se rencontre parfois ; mais le souvenir est trop fugitif : il ne reste déjà plus qu'un timbre neutre, sans qualité, pouvant appartenir aussi bien à n'importe qui, faisant même douter qu'il s'agisse à coup sûr d'une voix humaine. Le soldat remarque à ce moment que la porte de l'immeuble qui fait le coin n'est pas fermée. Il s'avance de quelques pas, machinalement, dans sa direction. Par l'entrebâillement, il est impossible de rien distinguer, tant l'intérieur est sombre. À droite, à gauche, au-dessus, toutes les fenêtres sont closes, et montrent des carreaux noirs, sales, sans le moindre voilage, ne laissant deviner aucune trace de vie dans les pièces sans lumière, comme si l'immeuble entier était abandonné.

La porte est en bois plein, moulurée, peinte en brun foncé. Le vantail entrouvert est encadré de deux parties fixes beaucoup plus étroites ; le soldat achève de le pousser. Ayant ouvert en grand, il gravit la marche enneigée, déjà marquée de pas nombreux, et franchit le seuil.

Il se trouve à l'extrémité d'un corridor obscur, sur lequel donnent plusieurs portes. À l'autre bout se devine l'amorce d'un escalier, qui s'élève dans le prolongement du corridor et se perd vite dans le noir. Le fond de cette étroite et longue entrée donne aussi accès à un autre couloir, perpendiculaire, signalé par des ténèbres plus épaisses, juste avant l'escalier, de chaque côté de celui-ci. Tout cela est vide, privé de ces objets domestiques qui révèlent en général la vie d'une maison : paillassons devant les portes, poussette laissée au bas des marches, seau et balai appuyé dans un recoin. Il n'y a rien ici que le sol et les murs ; encore les murs sont-ils nus, peints uniformément d'une couleur très sombre ; tout de suite à gauche, en entrant, s'y détache la petite affiche blanche de la défense passive, rappelant les premières mesures à prendre en cas d'incendie. Le sol est en bois ordinaire, noirci par la boue et de grossiers lavages, ainsi que les premières marches, seules bien visibles, de l'escalier. Au bout de cinq ou six marches, l'escalier semble tourner, vers la droite. Le soldat distingue à présent le mur du fond. Là, collée le plus qu'elle peut dans l'encoignure, les deux bras raidis le long du corps et appliquée contre les parois, il y a une femme en large jupe et long tablier serré à la taille, qui regarde vers la porte ouverte de la maison et la silhouette qui s'y dresse, à contre-jour.

Avant que l'homme ait eu le temps de lui adresser la parole, une porte latérale s'ouvre brusquement dans le corridor, sur la gauche, et une autre femme en tablier, plus volumineuse que la première, plus âgée peut-être aussi, fait un pas en avant. Ayant levé les yeux, elle s'arrête net, ouvre la bouche progressivement, de façon démesurée, et, tandis qu'elle recule peu à peu dans l'embrasure de sa porte, se met à pousser un long hurlement, dont le son monte, de plus en plus aigu, pour s'achever par le claquement violent de la porte qui se referme. Au même instant des pas précipités se font entendre sur les marches de bois ; c'est l'autre femme qui s'enfuit, vers le haut de l'escalier, disparue à son tour en un clin d'œil, le martellement de ses socques continuant néanmoins leur ascension, sans que la course se ralentisse, mais le bruit décroissant d'étage en étage, graduellement, à mesure que la jeune femme monte, sa large jupe battant autour de ses jambes, à demi retenue peut-être d'une main, ne marquant même pas la moindre halte aux paliers pour souffler un peu, les seuls repères étant suggérés par une résonance différente au début et à la fin de chaque volée : un étage, deux étages, trois ou quatre étages, ou même plus.

Ensuite, c'est de nouveau le complet silence. Mais, sur la partie droite du corridor cette fois, une seconde porte s'est entrebâillée. Ou bien était-elle déjà ouverte tout à l'heure ? Il est plus probable que le soudain vacarme vient d'attirer cette nouvelle figure, assez semblable encore aux deux premières, à la première du moins : une femme, jeune d'aspect aussi, vêtue d'un long tablier gris foncé, serré à la taille et bouffant autour des hanches. Son regard ayant rencontré celui du soldat, elle demande :

« Qu'est-ce que c'est ? »

Sa voix est grave, basse, mais sans nuances, et ceci avec un air prémédité, comme si elle voulait demeurer autant que possible impersonnelle. Ce pourrait être aussi bien la voix entendue de la rue, il y a un moment.

« Elles ont eu peur, dit le soldat.

— Oui, dit la femme, c'est de vous voir là comme ça... Et puis éclairé par-derrière... On ne distingue pas... Elles vous ont pris pour un... »

Elle n'achève pas sa phrase. Elle reste immobile à le contempler. Elle n'ouvre pas non plus sa porte davantage, se sentant sans doute plus en sûreté à l'intérieur, tenant le battant d'une main et de l'autre le chambranle, prête à refermer. Elle demande :

« Qu'est-ce que vous voulez ?

— Je cherche une rue... dit le soldat, une rue où il fallait que j'aille.

— Quelle rue ?

— Justement, c'est son nom que je ne me rappelle pas. C'était quelque chose comme Galabier, ou Matadier. Mais je ne suis pas sûr. Plutôt Montoret peut-être ? »

La femme semble réfléchir.

« C'est grand, vous savez, la ville, dit-elle à la fin.

— Mais ça se trouve de ce côté-ci, d'après ce qu'on m'avait expliqué. »

La jeune femme tourne la tête vers l'intérieur de l'appartement et, à voix plus haute, interroge quelqu'un à la cantonade : « Tu connais une rue

Montaret, toi ? Près d'ici. Ou quelque chose qui ressemble à ça ? »

Elle attend, présentant son profil aux traits réguliers dans l'entrebâillement de la porte. Tout est sombre derrière elle : il doit s'agir d'un vestibule sans fenêtre. La grosse femme également sortait d'une obscurité totale. Au bout d'un instant, une voix lointaine répond, quelques mots indistincts, et la jeune femme ramène son visage vers le soldat :

« Attendez-moi une minute, je vais voir. »

Elle commence à rabattre sa porte, mais se ravise aussitôt :

« Fermez donc sur la rue, dit-elle, il vient du froid dans toute la maison. »

Le soldat retourne jusqu'au seuil et pousse à fond le battant, qui claque avec un bruit léger : le déclic du pêne qui reprend sa place. Il se retrouve dans le noir. La porte de la dame doit être close aussi. Impossible même d'aller vers elle, car rien ne permet de s'orienter, aucune lueur. C'est la nuit absolue. On n'entend pas non plus le moindre son : ni pas, ni murmures étouffés, ni chocs d'ustensiles. Toute la maison a l'air inhabitée. Le soldat ferme les yeux, et retrouve les flocons blancs qui descendent avec lenteur, les réverbères alignés qui jalonnent sa route d'un bout à l'autre du trottoir enneigé, et le gamin qui s'éloigne en courant à toutes jambes, apparaissant et disparaissant, visible à chaque fois pendant quelques secondes, dans les taches de lumière successives, de plus en plus petit, à intervalles de temps égaux, mais les espaces étant de plus en plus raccourcis par la distance, si bien qu'il semble ralentir de plus en plus à mesure qu'il s'amenuise.

De la commode à la table il y a six pas : trois pas jusqu'à la cheminée et trois autres ensuite. Il y a cinq pas de la table au coin du lit ; quatre pas du lit à la commode. Le chemin qui va de la commode à la table n'est pas tout à fait rectiligne : il s'incurve légèrement pour passer plus près de la cheminée. Au-dessus de la cheminée il y a une glace, une grande glace rectangulaire fixée au mur. Le pied du lit est situé juste en face.

Brusquement la lumière revient, dans le corridor. Ce n'est pas la même lumière et elle n'éclaire pas directement l'endroit où le soldat se tient, qui reste dans la pénombre. C'est, à l'autre bout du corridor, une clarté artificielle, jaune et pâle, qui provient de la branche droite du couloir transversal. Un rectangle lumineux se découpe ainsi dans la paroi, au fond et à droite, juste avant l'escalier, et une zone éclairée s'évase à partir de là, traçant deux lignes obliques sur le sol : l'une qui traverse le plancher noirci du corridor, l'autre qui monte en biais les trois premières marches ; au-delà de celle-ci, comme en deçà de celle-là, l'obscurité demeure, mais un peu atténuée.

Toujours de ce côté, dans la région non visible d'où vient la lumière, une porte se ferme doucement et une clef tourne dans une serrure. Puis tout s'éteint. Et c'est de nouveau le noir. Mais un pas, guidé probablement par une vieille habitude des lieux, s'avance le long du couloir transversal. C'est un pas souple, peu appuyé, pourtant net, qui n'hésite pas. Il arrive aussitôt devant l'escalier, en face du soldat, qui, pour éviter la rencontre des deux corps dans le noir, tend les mains à l'aveuglette autour de lui, à la recherche d'un mur contre lequel il pourrait s'effacer. Mais les pas ne se dirigent pas vers lui : au lieu de tourner dans le corridor à l'extrémité duquel il se trouve, ils ont continué tout droit, dans la branche gauche du couloir transversal. On y tire un loquet, et une clarté plus crue, celle du dehors, se développe dans cette partie gauche du couloir, l'intensité allant en augmentant, jusqu'à un demi-jour terne et gris. Il doit s'agir là d'une seconde porte d'entrée, donnant sur l'autre rue. C'est par celle-là que serait ressorti le gamin. Bientôt la lumière disparaît, comme elle était venue, d'une façon progressive, et la porte se clôt, en même temps que l'obscurité complète se rétablit.

Noir. Déclic. Clarté jaune. Déclic. Noir. Déclic. Clarté grise. Déclic. Noir. Et les pas qui résonnent sur le plancher du couloir. Et les pas qui résonnent sur l'asphalte, dans la rue figée par le gel. Et la neige qui commence à tomber. Et la silhouette intermittente du gamin qui s'amenuise, là-bas, de lampadaire en lampadaire.

Si le dernier personnage n'était pas sorti par la même porte que le gamin, mais de ce côté-ci de l'immeuble, il aurait, en tirant le battant, fait entrer le jour dans cette partie-ci du couloir et découvert le soldat collé contre le mur, surgi tout à coup en pleine lumière à quelques centimètres de lui. Comme dans le cas d'une collision dans les ténèbres, de nouveaux cris risquaient alors d'ameuter une seconde fois toute la maison, faisant détaler des ombres vers la cage de l'escalier et jaillir des figures affolées dans l'entrebâillement des portes, cou tendu, œil anxieux, bouche qui s'ouvre déjà pour hurler...

« Il n'y a pas de rue Montalet, par ici, ni rien qui ressemble », annonce la voix grave ; et aussitôt : « Quoi, vous êtes dans le noir ! Il fallait allumer l'électricité. » À ces mots la lumière se fait dans le corridor, une lumière jaune qui tombe d'une ampoule nue suspendue au bout de son fil, éclairant la jeune femme en tablier gris dont le bras est encore tendu hors de l'embrasure ; la main posée sur l'interrupteur de porcelaine blanche s'abaisse, tandis que les yeux clairs dévisagent l'homme, allant des joues creuses, où la barbe atteint près d'un demi-centimètre, à la boîte enveloppée de papier brun et aux molletières mal enroulées, puis revenant aux traits tirés du visage.

« Vous êtes fatigué », dit-elle.

Ce n'est pas une question. La voix est redevenue neutre, basse, privée d'intonation, méfiante peut-être. Le soldat fait un geste vague de sa main libre ; un demi-sourire tire un coin de sa bouche.

« Vous n'êtes pas blessé ? »

La main libre s'élève un peu plus haut : « Non, non, dit l'homme, je ne suis pas blessé. »

Et la main retombe lentement. Ils restent ensuite un certain temps à se regarder sans rien dire.

« Qu'est-ce que vous allez faire, demande enfin la femme, puisque vous avez perdu le nom de cette rue ?

— Je ne sais pas, dit le soldat.

— C'était pour une chose importante ?

— Oui... Non... Probablement. »

Après un nouveau silence, la jeune femme demande encore :

« Qu'est-ce que c'était ?

— Je ne sais pas », dit le soldat.

Il est fatigué, il a envie de s'asseoir, n'importe où, là, contre le mur. Il répète machinalement :

« Je ne sais pas.

— Vous ne savez pas ce que vous alliez y faire ?

— Il fallait y aller, pour savoir.

— Ah !...

— Je devais rencontrer quelqu'un. Il sera trop tard, à présent. »

Pendant ce dialogue, la femme a ouvert sa porte tout à fait, et s'est avancée dans l'embrasure. Elle porte une robe noire à longue et large jupe, que recouvre aux trois quarts un tablier gris à fronces, noué autour de la taille. Le bas du tablier est très ample, ainsi que la jupe, tandis que le haut n'est qu'un simple carré de toile protégeant le devant du corsage. Le visage a des lignes régulières, très accusées. Les cheveux sont noirs. Mais les yeux ont une teinte claire, dans les bleu-vert ou gris-bleu. Ils ne cherchent pas à se dérober, s'arrêtant au contraire longuement sur l'interlocuteur, sans permettre pourtant à celui-ci de lire en eux quoi que ce soit.

« Vous n'avez pas mangé », dit-elle. Et une fugitive nuance, comme de pitié, ou de crainte, ou d'étonnement, passe cette fois dans sa phrase.

Mais, sitôt la phrase achevée, et le silence

revenu, il devient impossible de retrouver l'intonation qui paraissait à l'instant avoir un sens — crainte, ennui, doute, sollicitude, intérêt quelconque — et seule demeure la constatation : « Vous n'avez pas mangé », prononcée d'une voix neutre. L'homme répète son geste évasif.

« Entrez donc un instant », dit-elle, peut-être à regret — ou peut-être pas.

Déclic. Noir. Déclic. Lumière jaune, éclairant maintenant un petit vestibule où se dresse un portemanteau circulaire, surchargé de chapeaux et de vêtements. Déclic. Noir.

Une porte s'ouvre à présent sur une pièce carrée, meublée d'un lit-divan, d'une table rectangulaire et d'une commode à dessus de marbre. La table est couverte d'une toile cirée à petits carreaux rouges et blancs. Une cheminée au tablier levé, mais sur un âtre sans chenets, aux cendres refroidies, occupe le milieu d'un des murs. À droite de cette cheminée se trouve une autre porte, entrebâillée, qui donne sur une pièce très sombre, ou sur un débarras.

« Tenez », dit la jeune femme en désignant une chaise de paille, placée contre la table, « mettez-vous ici ». Le soldat écarte un peu la chaise, en la tenant par le haut du dossier, et s'assoit. Il pose sa main droite et son coude sur la toile cirée. La main gauche est restée dans la poche de la

capote, le bras serrant toujours au creux de la taille
la boîte enveloppée de papier brun.

Dans l'entrebâillement de la porte, mais en retrait
d'un pas ou deux, fortement estompée par l'ombre,
la silhouette d'un enfant se tient immobile, tournée
vers l'homme en costume militaire que sa mère
(est-ce sa mère ?) vient d'introduire dans l'appartement et qui est assis à la table, légèrement de biais,
à demi appuyé sur la toile cirée rouge, les épaules
voûtées, la tête penchée en avant.

La femme opère sa rentrée, par la porte donnant
sur le vestibule. Elle tient dans une main, ramenée
vers sa hanche, un morceau de pain et un verre ;
l'autre bras pend le long du corps, la main tenant
une bouteille par le goulot. Elle dépose le tout sur
la table, devant le soldat.

Sans rien dire, elle emplit le verre jusqu'au
bord. Puis elle quitte de nouveau la pièce. La bouteille est un litre ordinaire en verre incolore, à
demi pleine d'un vin rouge de teinte foncé ; le verre,
qui est placé devant, tout près de la main
de l'homme, est de fabrication grossière, en forme
de gobelet cylindrique, cannelé jusqu'à mi-hauteur.
À gauche se trouve le pain : l'extrémité d'un gros
pain noir, dont la section est un demi-cercle aux
coins arrondis ; la mie s'y présente en contexture
serrée, avec des trous réguliers et très fins. La

main de l'homme est rouge, abîmée par les travaux rudes et le froid ; les doigts, repliés vers l'intérieur de la paume, montrent, sur le dessus, de multiples petites crevasses au niveau des articulations ; ils sont en outre tachés de noir, comme par du cambouis, qui aurait adhéré aux régions crevassées de la peau et dont un lavage trop rapide ne serait pas venu à bout. Ainsi la saillie osseuse, à la base de l'index, est-elle hachurée de courtes lignes noires, parallèles entre elles pour une bonne part, ou faiblement divergentes, les autres diversement orientées, entourant les premières ou les recoupant.

Au-dessus de la cheminée, une grande glace rectangulaire est fixée au mur ; la paroi qui s'y reflète est celle dont la grosse commode occupe le bas. En plein milieu du panneau se trouve la photographie, en pied, d'un militaire en tenue de campagne — peut-être le mari de la jeune femme à la voix grave et aux yeux clairs, et peut-être le père de l'enfant. Capote aux deux pans relevés, molletières, grosses chaussures de marche : l'uniforme est celui de l'infanterie, de même que le casque à jugulaire, et le harnachement complet de musettes, sac, bidon, ceinturon, cartouchière, etc. L'homme tient ses deux mains fermées, un peu au-dessus de la ceinture, sur les deux courroies qui se croisent en travers de sa poitrine ;

il porte une moustache taillée avec soin ; l'ensemble a d'ailleurs un aspect net et comme laqué, dû sans doute aux retouches savantes du spécialiste qui a exécuté l'agrandissement ; le visage lui-même, paré d'un sourire de convention, a été tellement gratté, rectifié, adouci, qu'il n'a plus aucun caractère, ressemblant désormais à toutes ces images de soldats ou marins en partance qui s'étalent aux vitrines des photographes. Pourtant le cliché originel semble bien avoir été pris par un amateur — la jeune femme, sans doute, ou quelque camarade de régiment — car le décor n'est pas celui d'un faux salon bourgeois, ni d'une pseudo-terrasse à plantes vertes avec un fond de parc peint sur une toile en trompe-l'œil, mais la rue elle-même devant la porte de l'immeuble, près du bec de gaz au fût conique autour duquel s'enroule une guirlande de lierre stylisé.

L'équipement de l'homme est tout neuf. La photographie doit remonter au commencement de la guerre, à l'époque de la mobilisation générale ou aux premiers rappels de réservistes, peut-être même à une date antérieure : lors du service militaire, ou d'une brève période d'entraînement. Le grand attirail de soldat en campagne paraît cependant indiquer, plutôt, qu'il s'agit vraiment du début de la guerre, car un fantassin en permission ne vient pas chez lui dans un accoutrement si peu commode, en temps normal. L'occasion la plus vraisemblable serait donc un congé exceptionnel de quelques heures, accordé au mobilisé pour les adieux à sa famille, juste avant de partir pour le front. Aucun camarade de régiment ne l'accompagnait, car la jeune femme figurerait alors sur le cliché, à côté du soldat ; c'est elle qui a dû prendre la photo, avec son propre appareil ; elle a même sans doute consacré tout un rouleau de pellicule à l'événement, et elle a ensuite fait agrandir la meilleure.

L'homme s'est placé dehors, en plein soleil, parce qu'il n'y a pas assez de lumière à l'intérieur de l'appartement ; il est tout simplement sorti devant sa porte, et il a trouvé naturel de se poster près du lampadaire. Afin d'être éclairé de face, il est tourné dans le sens de la rue, ayant derrière lui, sur la droite (c'est-à-dire à sa gauche), l'arête en pierre de l'immeuble ; le bec de gaz se dresse de l'autre côté, frôlé par le bas de la capote. Le soldat jette un coup d'œil à ses pieds et remarque pour la première fois le rameau de lierre moulé dans la fonte. Les feuilles palmées à cinq lobes pointus, avec leurs cinq nervures en relief, sont portées sur un pédoncule assez long ; à l'insertion de chacune d'elles, la tige change de direction, mais les courbes alternées qu'elle décrit ainsi sont à peine marquées sur l'un des côtés, et de l'autre au contraire très prononcées, ce qui donne à l'ensemble un mouvement général incurvé, empêchant le rameau de prendre de la hauteur et lui permettant de s'enrouler autour du cône ; puis il se divise en deux, et la branche supérieure, la plus courte, munie seulement de trois feuilles (dont une terminale, très petite), s'élève en sinusoïde amortie ; l'autre branche disparaît vers le côté opposé du cône, et le bord du trottoir. Une fois le rouleau de pellicule terminé, le soldat rentre dans l'immeuble.

Le couloir est obscur, comme d'habitude. La porte de l'appartement est restée entrouverte ; il la pousse, traverse le vestibule sans lumière et va s'asseoir à la table, où sa femme lui sert du vin. Il boit, sans rien dire, à petites gorgées, reposant chaque fois le verre sur la toile cirée à carreaux. Après d'assez nombreuses répétitions de ce manège, les alentours sont entièrement maculés de traces circulaires, mais presque toutes incomplètes, dessinant une série d'arcs plus ou moins fermés, se chevauchant parfois l'un l'autre, à peu près secs à certains endroits, ailleurs encore brillants de liquide frais. Entre les gorgées de vin le soldat garde les yeux baissés sur ce réseau sans ordonnance, qui se complique davantage de minute en minute. Il ne sait pas quoi dire. Il devrait maintenant s'en aller. Mais lorsqu'il a fini son verre, la femme lui en sert un second ; et il le boit encore, à petites gorgées, tout en mangeant lentement le reste du pain. La silhouette enfantine qu'il avait aperçue par la porte entrebâillée de la pièce voisine s'est dissoute dans l'obscurité.

Quand le soldat se décide à lever les yeux sur la jeune femme, celle-ci est assise en face de lui : non pas à la table, mais sur une chaise qui est située (vient-elle de l'y mettre ?) devant la commode, sous l'encadrement noir du portrait accroché au mur. Elle est en train de contempler l'uniforme défraîchi de son visiteur ; ses yeux gris remontent jusqu'à la hauteur du cou, là où sont cousus les deux morceaux de feutre rouge marqués du numéro matricule.

« C'est quel régiment ? » dit-elle à la fin, avec un mouvement du visage vers l'avant, pour indiquer les deux losanges rouge clair.

« Je ne sais pas », dit le soldat.

Cette fois la femme montre un certain étonnement :

« Vous avez oublié, aussi, le nom de votre régiment ?

— Non, ce n'est pas ça... Mais cette capote-là n'est pas la mienne. »

La jeune femme demeure un moment sans rien ajouter. Une question semble cependant lui être venue à l'esprit, qu'elle ne sait pas comment for-

muler, ou qu'elle hésite à poser de façon directe.
En effet, après une minute entière de silence, ou
même plus, elle demande :

« Et à qui appartenait-elle ?

— Je ne sais pas », dit le soldat.

S'il l'avait su, d'ailleurs, il aurait probablement pu
dire aussi quel régiment représentaient les losanges
rouge clair. Il regarde de nouveau l'agrandissement
photographique accroché au mur, au-dessus des cheveux noirs de la femme. L'image a une forme ovale,
estompée sur les bords ; le papier tout autour est
resté blanc crème, jusqu'au cadre rectangulaire en
bois très foncé. À cette distance, les insignes distinctifs ne sont pas visibles, sur le col de la capote.
L'uniforme est, en tout cas, celui de l'infanterie.
L'homme devait être caserné dans la ville même, ou
dans ses environs immédiats, en attendant sa montée
en ligne ; sans cela, il n'aurait pas pu venir embras-
ser sa femme avant de partir. Mais où les casernes
se trouvent-elles dans cette cité ? Sont-elles nombreuses ? Quelles unités y voit-on en période ordinaire ?

Le soldat pense qu'il devrait s'intéresser à ces
choses : elles leur fourniraient un sujet de conversation normal et anodin. Mais à peine a-t-il ouvert
la bouche qu'il remarque un changement dans l'attitude de son interlocutrice. Elle le regarde en
plissant un peu les paupières, semblant guetter la

suite de ses paroles avec une attention exagérément tendue, vu l'importance que lui-même leur accorde. Il s'arrête aussitôt, sur une phrase incertaine, bouclée à la hâte dans une direction que le début n'annonçait guère, et dont le caractère interrogatif est si peu net que la femme conserve la possibilité de s'abstenir d'y répondre. C'est du reste la solution qu'elle adopte. Mais ses traits demeurent comme crispés. Ces questions sont évidemment celles-là mêmes que poserait un espion maladroit ; et la méfiance est naturelle en pareilles circonstances... Bien qu'il soit un peu tard, à présent, pour dissimuler à l'ennemi l'emplacement des objectifs militaires.

Le soldat a terminé son pain et son vin. Il n'a plus aucune raison de s'attarder dans cette demeure, malgré son désir de profiter encore un instant de cette chaleur relative, de cette chaise inconfortable et de cette présence circonspecte qui lui fait face. Il faudrait imaginer une façon de partir pleine d'aisance, qui atténuerait l'impression laissée par le récent malentendu. Essayer de se justifier serait en tout cas la pire maladresse ; et comment expliquer de façon vraisemblable son ignorance au sujet de... Le soldat essaye maintenant de se rappeler les termes exacts qu'il vient d'employer. Il y avait le mot « caserne », mais il ne parvient pas à se souvenir de la phrase bizarre qu'il a prononcée ; il n'est même pas certain d'avoir nommément mis en cause la situation des bâtiments, encore moins d'avoir montré sans ambiguïté qu'il ne la connaissait pas.

Sans s'en apercevoir, il est peut-être passé devant une caserne, au cours de ses pérégrinations. Cependant il n'a pas remarqué de bâtisse dans le style traditionnel : une construction basse (deux étages seulement de fenêtres toutes semblables, encadrées de briques rouges), s'allongeant sur près de cent mètres et surmontée d'un toit en ardoises à faible pente, qui porte de hautes cheminées rectangulaires, également en briques. L'ensemble se dresse au fond d'une vaste cour nue, couverte de gravier, séparée du boulevard et de ses arbres au feuillage épais par une grille de fer très élevée, étayée de contreforts et toute hérissée de pointes, autant sur l'intérieur que vers le dehors. Une guérite, de place en place, abrite un factionnaire l'arme au pied ; elles sont en bois, avec un toit de zinc, peintes à l'extérieur, sur les deux côtés, de grands chevrons rouges et noirs.

Le soldat n'a rien vu de tel. Il n'a longé aucune grille ; il n'a pas aperçu de vaste cour semée de gravier ; il n'a rencontré ni feuillages touffus ni guérites, ni bien entendu de factionnaires en armes. Il n'a même pas emprunté le moindre boulevard planté d'arbres. Il n'a parcouru toujours que les mêmes rues rectilignes, entre deux hautes files de façades plates ; mais une caserne peut aussi revêtir cette apparence. Les guérites ont été enlevées, naturellement, ainsi que tout ce qui pouvait distinguer l'immeuble dans la série de ceux qui l'entourent ; il ne subsiste que les barreaux de fer qui protègent les fenêtres du rez-de-chaussée sur la plus grande partie de leur hauteur. Ce sont des tiges verticales à section carrée, espacées d'une main, réunies par deux barres transversales situées non loin des extrémités. L'extrémité supérieure est libre, terminée en pointe à une vingtaine de centimètres du haut de l'embrasure ; la base des barreaux doit être scellée dans la pierre d'appui de la fenêtre, mais ce détail n'est pas visible à cause de la neige qui s'y est accumulée, formant une couche irrégulière sur toute la surface horizontale, très épaisse surtout du côté droit.

Mais il s'agit là, aussi bien, d'une caserne de pompiers, ou d'un couvent, ou d'une école, ou de bureaux commerciaux, ou d'une simple maison d'habitation dont les fenêtres du rez-de-chaussée sont protégées par des grilles. Parvenu au carrefour suivant, le soldat tourne, à angle droit, dans la rue adjacente.

Et la neige continue à tomber, lente, verticale, uniforme, et la couche blanche s'épaissit insensiblement sur les avancées des appuis de fenêtre, sur les marches au seuil des maisons, sur les parties saillantes des lampadaires noirs, sur la chaussée sans voitures, sur les trottoirs déserts où déjà les sentiers tracés par les piétinements, au cours de la journée, ont disparu. Et c'est encore la nuit qui vient.

Les flocons réguliers, de grosseur constante, également espacés les uns des autres, descendent, tous à la même vitesse, conservant entre eux les mêmes distances, la même disposition, comme s'ils appartenaient à un même système rigide qui se déplacerait de haut en bas d'un mouvement continu, vertical, uniforme et lent.

Les empreintes du passant attardé qui longe les maisons en courbant la tête, d'un bout à l'autre de la rue rectiligne, s'inscrivent une à une dans la neige à la surface égale, de nouveau intacte, où elles enfoncent déjà d'un centimètre au moins. Et, derrière lui, la neige aussitôt commence à recouvrir la trace cloutée des semelles, reconstituant peu à peu la blancheur primitive de la zone écrasée, lui redonnant bientôt son aspect grenu, velouté, fragile, estompant les arêtes vives de ses bords, rendant le contour de plus en plus flou et comblant enfin tout à fait la dépression creusée, si bien que la différence de niveau devient imperceptible avec les régions avoisinantes, la continuité se trouvant alors rétablie, et toute la surface égale de nouveau, intacte, inentamée.

Ainsi le soldat ne peut-il savoir si quelqu'un d'autre est passé là, le long des maisons aux fenêtres sans lumière, quelque temps avant lui. Et lorsqu'il parvient au carrefour suivant, aucune piste non plus ne sillonne les trottoirs de la voie transversale, et cela ne signifie rien non plus.

Pourtant les traces du gamin sont plus lentes à disparaître. Il laisse, en effet, derrière lui, dans sa course, des empreintes bossues : la semelle, en basculant de façon brutale, accumule vers l'arrière un petit amas de neige tassée, qui subsiste ensuite au milieu du pied (à l'endroit où la forme est la plus étroite) et dont la saillie plus ou moins accentuée doit être plus longue à effacer que le reste ; et les trous creusés de part et d'autre, par le bout de la chaussure et par le talon, sont d'autant plus profonds que le gamin ne suit pas les anciens sentiers de la journée, mais marche de préférence près du bord, dans la neige la plus épaisse (bien qu'aucune différence ne soit sensible à l'œil), où l'on enfonce davantage. Comme, par surcroît, il progresse très vite, la longueur de sa trace, depuis le point où il se trouve jusqu'à la dernière irrégularité encore discernable sous la couche nouvelle, la longueur de sa trace est bien supérieure à celle que laisse le soldat derrière lui, surtout si l'on compte les boucles qui jalonnent celles de l'enfant, autour de chaque réverbère.

Ces boucles, il est vrai, ne sont pas indiquées avec une évidence absolue, car le gamin pose à peine un pied sur le sol, au cours de la volte qu'il exécute en s'accrochant à la colonne de fonte. Quant au dessin de ses semelles en caoutchouc, il est brouillé d'avance : ni les chevrons ni la croix au centre de son cercle ne sont identifiables, même avant que la neige qui tombe n'ait commencé d'en estomper l'image. Les déformations provoquées par la course, jointes aux incertitudes concernant les particularités de celle-ci, font que rien, en somme, ne différencie cette piste de n'importe quelle autre laissée par un enfant du même âge — qui porterait aussi bien, d'ailleurs, des chaussures aux semelles identiques (les mêmes chaussures, peut-être, venant du même magasin) et qui effectuerait autour des lampadaires de semblables tournoiements.

Il n'y a, de toute façon, aucune sorte d'empreintes dans la neige, aucune trace de pas, et la neige continue de tomber sur la rue déserte, uniforme, verticale et lente. La nuit doit être tout à fait noire, maintenant, et les flocons ne sont plus visibles que lorsqu'ils passent dans la lumière d'un bec de gaz. Ainsi la rue est-elle jalonnée, à intervalles constants (mais qui semblent se raccourcir de plus en plus à mesure qu'ils s'éloignent, vers la droite ou vers la gauche), jalonnée de zones plus claires où l'obscurité se trouve pointillée d'innombrables et minuscules taches blanches, animées d'un commun mouvement de chute. Comme la fenêtre est située au dernier étage, tous ces ronds de lumière doivent apparaître lointains et pâles, au fond de la longue tranchée formée par les deux plans parallèles des façades ; si lointains même, si tremblotants, qu'il est naturellement impossible de distinguer les flocons les uns des autres : vus de si haut, ils ne forment de place en place qu'un vague halo blanchâtre, douteux lui-même car la lueur des lampadaires est très faible, rendue plus incertaine encore par l'éclat diffus que répandent alentour toutes ces surfaces blêmes, le sol, le ciel, le rideau de flocons serrés descendant avec lenteur mais sans interruption devant les fenêtres, si épais qu'il masque maintenant tout à fait l'immeuble d'en face, les lampadaires de fonte, le dernier passant attardé, la rue entière.

Peut-être même les réverbères n'ont-ils pas été allumés ce soir, cette nuit, cette nuit-là. Quant au bruit des pas éventuels, amorti par la neige fraîche, il ne pourrait pas traverser, à une telle altitude, un tel éloignement, les persiennes de fer, les vitres, les épais rideaux de velours.

L'ombre de la mouche, au plafond, s'est arrêtée tout près de l'endroit où le cercle de la lampe rencontre le haut du rideau rouge. Une fois immobile, la forme en devient plus complexe : c'est bien la reproduction agrandie du filament coudé de l'ampoule électrique, mais l'image principale se trouve doublée, à faible distance, par deux autres images identiques, plus pâles, plus floues, encadrant la première. Peut-être aussi d'autres images encore moins nettes se multiplient-elles encore de chaque côté de celles-ci ; elles ne sont pas perceptibles, car l'ensemble du dessin grêle que projette la mouche ne se situe pas dans la zone la plus vivement éclairée du plafond, mais dans une frange de demi-lumière, large d'un à deux centimètres, bordant toute la périphérie du cercle, à la limite de l'ombre.

Tout le reste de la chambre, où n'est allumée que cette unique lampe, posée à l'angle de la table-bureau, semble dans une obscurité relative par rapport au rond éclatant de clarté découpé sur le plafond blanc. L'œil qui a fixé trop longtemps celui-ci n'aperçoit plus, lorsqu'il s'en détourne, aucun détail sur les autres parois de la pièce. Le tableau accroché au mur du fond n'est plus qu'un rectangle gris encadré de noir ; la commode située au-dessous n'est plus qu'un carré sombre, privé de tout volume à l'instar du tableau, appliqué là comme un morceau de papier peint ; et de même pour la cheminée, au milieu de la cloison perpendiculaire. Quant au papier peint lui-même, les innombrables et minuscules taches qui en constituent le motif n'y conservent pas plus une forme de flambeau que de fleur, de silhouette humaine, poignard, bec de gaz, ou n'importe quoi. On dirait seulement des plumes silencieuses qui tomberaient verticalement en lignes régulières d'une chute uniforme, si lente qu'elle se devine à peine, et qu'on hésite même à préciser le sens du mouvement, vers le haut ou vers le bas, comme pour des particules en suspension dans une eau tranquille, des petites bulles dans un liquide chargé de gaz, des flocons de neige, de la poussière. Et sur le plancher, également dans la pénombre, les chemins luisants ont disparu.

Seul le dessus de la table, sous l'abat-jour conique de la lampe, est éclairé, ainsi que la baïonnette posée au milieu. Sa forte et courte lame à deux tranchants symétriques présente, de part et d'autre de l'axe médian, deux plans de pente contraire d'acier poli, dont l'un renvoie les rayons de la lampe vers le centre de la chambre.

De l'autre côté, au milieu du panneau, l'image, brouillée par la pénombre, n'est plus guère qu'un ovale gris, inscrit dans un rectangle blanc, placé dans le sens de la hauteur, et lui-même encadré de noir.

À ce moment une voix hésitante se fait entendre, assez proche, indistincte. Le soldat abaisse son regard, depuis l'image du soldat accrochée au mur, jusqu'à la jeune femme assise sur sa chaise devant la commode. Mais la voix perçue à l'instant n'est pas la sienne ; aussi grave peut-être, et moins jeune, c'était à coup sûr, cette fois, une voix d'homme. Elle répète d'ailleurs une phrase approximativement de même consonance, tout aussi incompréhensible, cependant que la jeune femme demeure la bouche fermée, droite sur sa chaise, les yeux tournés vers l'angle de la pièce où se trouve la porte entrebâillée, de l'autre côté de la table. L'intervalle noir qui sépare de son cadre le bord libre du battant ne laisse rien apercevoir, dans la pièce voisine.

La jeune femme est maintenant debout devant cette porte, dont elle pousse davantage le battant, juste assez pour se glisser de l'autre côté ; puis la porte se referme, sans se clore tout à fait, en respectant le même intervalle libre que précédemment. Dans l'espace noir qui subsiste reparaît alors l'enfant.

Reparaît alors, du moins, une bande verticale de celui-ci, comprenant un œil, le nez, les trois quarts de la bouche et du menton, un rectangle allongé de sarreau bleu, un demi-genou nu, une chaussette, un chausson de feutre noir, le tout parfaitement rigide, tandis que la voix d'homme reprend sa même phrase pour la troisième fois, mais avec moins de force, ce qui empêche de nouveau d'y reconnaître autre chose que des ébauches de sons, privés de sens. La voix grave de la femme lui répond, plus basse encore, presque un chuchotement. L'œil de l'enfant arrive sensiblement au niveau du bouton de porte, ovoïde, en porcelaine blanche. De l'autre côté, un interrupteur électrique, également en porcelaine, est fixé près du chambranle. Une discussion s'est engagée ; c'est surtout la jeune femme qui parle, vite, donnant de longues explications, où semblent revenir plusieurs fois les mêmes groupes de mots, avec des intonations identiques. La voix de l'homme n'intervient que par phrases brèves, ou même par monosyllabes, sinon par des grognements. L'enfant, qui s'enhardit, ouvre la porte un peu plus.

Non, ce n'est pas l'enfant, car il disparaît au contraire, remplacé par la jeune femme, qui passe la tête un peu plus haut, dans l'entrebâillement élargi :

« Ça n'était pas Boulard, n'est-ce pas ? »

Et, comme le soldat la dévisage d'un air interrogatif, elle répète : « Rue Boulard ? Ce n'est pas ça que vous cherchez ?

— Non… Je ne crois pas… », dit le soldat, sur un ton assez indécis. Puis, après un instant de réflexion, avec un peu plus d'assurance, il remue la tête à quelques reprises de droite et de gauche : « Je ne crois pas. Non. » Mais son interlocutrice n'est déjà plus là ; et la porte, à présent, s'est refermée à fond.

L'ovale blanc, luisant, de la poignée, présente plusieurs points lumineux ; celui dont l'éclat frappe, au premier abord, est placé tout en haut ; un second, beaucoup plus étendu mais moins brillant, dessine dans la partie droite une sorte de polygone curviligne à quatre côtés. Des raies claires, de longueur, de largeur et d'intensité diverses, suivent en outre, à des distances variées, le contour général de l'arrondi, comme on a l'habitude d'en figurer sur les dessins afin de simuler le relief.

Mais ces lignes concentriques, au lieu d'assigner à l'objet une troisième dimension, semblent plutôt le faire tourner sur lui-même : en le fixant avec insistance, le soldat peut voir le bouton de porcelaine qui bouge, d'une façon d'abord à peine perceptible, puis avec une ampleur croissante, le grand axe de l'ovale s'inclinant de dix ou vingt degrés, de part et d'autre de la verticale, alternativement. Néanmoins le battant ne s'ouvre pas. Mais peut-être l'enfant, par-derrière, est-il en train de jouer avec la poignée, avec l'autre poignée de porcelaine blanche, identique à celle-ci et symétrique par rapport au plan de la porte.

Lorsque la porte se rouvre, ce n'est pour livrer passage ni à l'enfant curieux et craintif ni à la jeune femme aux yeux clairs, mais à un nouveau personnage : celui, sans doute, qui parlait tout à l'heure dans la pièce voisine ; c'est, en effet, une voix de timbre et de hauteur analogues qui déclare maintenant au soldat qu'il n'y a pas de rue Boucharet, ni dans ce quartier ni dans toute la ville. On a certainement dû lui dire « Boulard » ; et l'homme propose de lui expliquer où se trouve cette rue-là. « C'est pas tout près ! », ajoute-t-il en considérant le soldat, assis sur sa chaise, les mains posées à plat sur les cuisses, le dos un peu voûté, le paquet défraîchi toujours serré sous son bras, en le considérant avec une insistance qui a l'air d'évaluer le nombre de kilomètres qu'il est encore capable de parcourir avant de s'effondrer pour de bon.

L'homme est lui-même largement en âge d'être mobilisé ; mais il est infirme, ce qui justifie sa présence parmi les civils. Sa jambe gauche paraît hors d'usage ; il marche à l'aide d'une béquille de bois placée sous l'aisselle, dont il se sert avec adresse, à en juger par la rapide manœuvre qu'il vient d'exécuter pour franchir la porte et s'approcher du bout de la table, au bord de laquelle il s'appuie maintenant de la main droite, sur la toile cirée au quadrillage rouge et blanc. C'est peut-être un invalide de guerre : il aurait été blessé au début des hostilités et serait revenu chez lui, remis sur pied tant bien que mal, avant le recul des armées en déroute et le repli des hôpitaux militaires. Il porte une moustache fine et bien taillée, comme le soldat de la photographie. Il ressemblerait d'ailleurs aussi bien à ce dernier, autant du moins qu'une image de ce genre, après tellement de grattages et retouches, peut ressembler à son modèle. Mais une image de ce genre, précisément, ne prouve rien. Le soldat remue la tête, à plusieurs reprises, pour marquer son désaccord :

« Non, répond-il, ça ne ressemblait pas à Bouchard...

— Bouvard, j'ai dit.

— Je ne crois pas. Non. C'était autre chose.

— Il n'y a rien d'autre.

— Et puis c'était de ce côté-ci.

— Tu connais donc la ville ?

— Non... Mais c'est...

— Alors, si tu ne connais pas, comment veux-tu savoir ? Moi, je la connais, la ville ! J'ai pas toujours eu la patte comme ça... » Du menton, il indique sa béquille. « Ta rue Bouvard, c'est tout à l'autre bout ! »

Le soldat s'apprête à exposer les bonnes raisons qu'il a d'être certain du contraire, ou, plus exactement, de penser que la rue qu'il cherche n'est pas celle-là. Mais il peut difficilement, sans entrer dans des détails compliqués, convaincre l'invalide, qui montre de son côté tant d'assurance. Du reste, à la réflexion, ses raisons elles-mêmes lui paraissent déjà moins bonnes. Et il va se résigner à écouter les renseignements que l'autre tient tellement à lui fournir, quand la jeune femme revient à son tour dans la pièce, par la porte demeurée ouverte. Elle semble mécontente. Elle entre d'un pas pressé, comme si elle venait d'être retardée par une tâche subite, urgente, qui l'aurait empêchée d'accompagner l'homme quelques minutes plus tôt, ou même de le retenir hors de la vue du visiteur.

L'invalide a entrepris ses explications topographiques, où figurent des quantités de noms de rues : Vanizier, Vantardier, Bazaman, Davidson, Tamani, Duroussel, Dirbonne, etc. La jeune femme l'interrompt au milieu de son itinéraire :

« Puisqu'on vous a dit que ça n'était pas Brulard.

— Pas Brulard : Bouvard ! Je la connais bien cette rue. » Et, tourné vers le soldat, comme si

la réponse ne faisait aucun doute : « C'est à l'entrepôt que tu vas ?

— L'entrepôt ?

— Oui : l'entrepôt militaire, celui qui servait de
caserne auxiliaire ces derniers temps.

— Non, dit le soldat, ce n'est pas une caserne
que je cherche, ni un entrepôt.

— Enfin, caserne ou pas, ça ne change rien à la
position de la rue. » Soudain pris d'une inspiration,
il tape du bout des doigts sur la table, et, s'adressant
à la femme : « Tiens, le gamin n'a qu'à le conduire,
ça sera plus simple. »

Sans quitter son visage fermé, elle hausse les
épaules pour répondre : « Vous savez bien que je
ne veux pas qu'il sorte. »

Une nouvelle discussion s'engage entre eux, si
toutefois il s'agissait auparavant du même homme.
Contrairement, en tout cas, au dialogue qui se
déroulait dans la chambre à côté, c'est à présent
l'homme, surtout, qui parle, réclamant des motifs
précis pour tenir l'enfant enfermé, écoutant à peine
les réponses, répétant de façon péremptoire que personne ne court aucun risque à traverser la ville, un
enfant à plus forte raison, qu'il n'en a d'ailleurs pas
pour bien longtemps, que la nuit ne sera même pas
tombée quand il rentrera. La femme lui oppose des
phrases courtes, agacées, tenaces :

« Vous disiez que c'était loin.

— Loin pour quelqu'un qui ne connaît pas. Mais pas pour le gamin, qui va y aller d'une traite, sans se tromper, par le chemin le plus court, et qui reviendra tout de suite.

— J'aime mieux qu'il ne sorte pas », dit la jeune femme.

Cette fois l'homme prend le visiteur à témoin : quel danger y aurait-il à sortir aujourd'hui ? Les rues ne sont-elles pas absolument calmes ? Quelque chose peut-il se produire avant la tombée du jour ?… etc.

Le soldat répond qu'il n'en sait rien. Quant au calme des rues, pour le moment, il est en effet incontestable.

« Mais ils peuvent arriver d'une minute à l'autre », dit la femme.

L'invalide n'est pas de cet avis : « Pas avant demain soir, affirme-t-il, ou même après-demain. Tu crois que sans ça il serait là tranquille à les attendre ? » C'est du soldat qu'il parle ainsi, avec un geste large et vague dans sa direction, par-dessus la table ; mais celui-ci ne trouve pas, pour sa part, la preuve très convaincante, car il ne devrait pas de toute manière être là. De nouveau pris à partie par l'homme, il ne peut que faire, de la main, qu'il soulève à peine de son genou, un signe d'expectative :

« Je ne sais pas », dit-il.

Il ne tient, en outre, nullement à ce qu'on le conduise à l'autre bout de la ville, bien qu'il ne sache plus, en vérité, ce qu'il pourrait maintenant faire d'autre. Loin de se sentir reposé par cette halte, c'est une plus grande lassitude encore qui l'a envahi. Il regarde la jeune femme aux yeux clairs, au visage fermé, aux cheveux noirs, au large tablier serré à la taille ; il regarde l'invalide, que ne semble guère fatiguer son infirmité, puisqu'il reste là, debout, soutenu par sa béquille, alors qu'une chaise vide se trouve à proximité ; le soldat se demande si son pied inutile repose, ou non, sur le sol, mais il ne peut s'en rendre compte, car l'homme, appuyé contre le bord de la table, à l'autre bout de celle-ci, n'est visible qu'à partir du haut des cuisses : il faudrait donc se pencher en avant, soulever le pan de toile cirée et jeter un coup d'œil sous la table, entre les quatre pieds carrés qui s'amincissent vers le bas — ou bien, s'amincissant vers le bas, mais en bois tourné, cannelés, devenant à l'extrémité supérieure cylindriques et lisses, s'achevant au sommet en quatre cubes portant une rose sculptée sur deux de leurs faces — ou bien... ; le soldat regarde encore le portrait sur le mur du fond : à cette distance, les traits du visage sont tout à fait indistincts ; quant aux détails de l'uniforme, il faut déjà bien les connaître pour les voir : les deux courroies qui se croisent sur la poitrine, le poignard-baïonnette avec sa gaine en cuir noir fixée au ceinturon, les pans relevés de la capote, les molletières... à moins qu'il ne s'agisse ici de leggins, ou même de bottes...

Mais voilà maintenant l'enfant qui fait son entrée sur la gauche de la commode, par la porte du vestibule. On le pousse en avant, pour qu'il s'approche du soldat, toujours assis à la table. C'est l'invalide qui le pousse dans le dos, de sa main libre, tandis que la béquille exécute de petits mouvements rapides, presque sur place, car le gamin n'avance pas. La jambe blessée est légèrement plus courte que l'autre, ou légèrement pliée, si bien que le pied se déplace à quelques centimètres au-dessus du plancher.

L'enfant a changé de costume, sans doute pour sortir : il porte à présent un pantalon à jambes étroites et longues, d'où sortent des chaussures montantes, et que recouvre jusqu'aux hanches un gros tricot de laine à col roulé ; une pèlerine, non fermée, pend depuis les épaules jusqu'aux genoux ; la tête est couverte d'un béret, enfoncé de chaque côté sur les oreilles. Tout cet ensemble est de la même couleur bleu marine, ou plus exactement de diverses nuances se rattachant à cette couleur.

L'invalide ayant exercé une pression plus ferme dans le dos de l'enfant, celui-ci fait un pas vers le soldat ; il rapproche en même temps les deux

pans de la pèlerine et la maintient ensuite étroitement close, en tenant les bords à deux mains, de
l'intérieur. L'homme prononce alors une phrase,
déjà entendue quelques secondes plus tôt : « Il va
la trouver, cette rue Bouvard, il va la trouver. » L'enfant baisse obstinément les yeux sur ses grosses
chaussures, dont la semelle de caoutchouc fait une
ligne jaune, au ras du sol.

La femme a donc fini par céder ? Pourtant le
soldat n'a pas remarqué qu'elle ait donné, devant
lui, l'autorisation de laisser sortir l'enfant. Cette
scène se serait-elle déroulée hors de sa présence ?
Mais où et quand ? Ou bien se passe-t-on de son
accord ? Elle se tient maintenant un peu à l'écart,
dans la pénombre de la chambre voisine, debout
dans l'encadrement de la porte grande ouverte.
Elle est immobile, les bras pendant, raides, le long
du corps. Elle se tait, mais elle vient sans doute
de dire quelque chose, ce qui pourrait avoir attiré
l'attention du soldat de ce côté. Son costume, à
elle aussi, s'est modifié : elle ne porte plus de
tablier sur sa large jupe grise. Son visage conserve
la même expression fermée, mais plus douce peut-
être, plus lointaine. Ses yeux sont agrandis par
l'obscurité ; elle regarde, par-dessus la table où
repose le verre vide, l'enfant, figé lui-même, dans
la pèlerine sombre qui le dissimule entièrement
du cou jusqu'aux jambes ; l'emplacement des

mains, invisibles, à l'intérieur, se signale, à deux niveaux différents, près de l'encolure et vers le milieu de la hauteur, par un pincement des bords de l'étoffe. Derrière l'enfant, l'homme à la béquille a cessé à son tour tout mouvement ; il est penché en avant, le dos courbé, dans un équilibre qui paraît précaire, rendu possible par la béquille tenue oblique pour étayer le corps et serrée fermement dans la main, bras tendu, l'épaule remontée, l'autre bras, libre, s'avançant à demi recourbé vers le dos du gamin, la main en partie ouverte, l'index et le majeur presque étendus, tandis que les deux derniers doigts se replient sur la paume, tournée vers le haut. L'expression du visage s'est arrêtée sur une sorte de sourire, de « bon sourire » peut-être, mais que la rigidité des traits transforme en rictus : un coin de la bouche relevé, un œil plus fermé que l'autre et la joue à moitié crispée.

« Il va la trouver, cette rue Bouvard, il va la trouver. »

Personne ne dit rien. L'enfant regarde ses chaussures. L'invalide a toujours le corps penché en avant, comme sur le point de tomber, le bras droit tendu à demi, la bouche déformée par ce qui a été un sourire. La femme a l'air d'avoir encore reculé dans la pénombre de la chambre voisine, et ses yeux de s'être encore agrandis, tournés maintenant, peut-être, vers le soldat.

Et c'est ensuite la rue, la nuit, la neige qui tombe. Le soldat, serrant son paquet sous son bras, les deux mains enfoncées dans les poches de la capote, suit avec peine le gamin qui le précède de trois ou quatre mètres. Les flocons, menus et serrés, sont chassés à l'horizontale par le vent, et le soldat, pour ne pas les recevoir en plein visage, courbe la tête un peu plus ; il plisse aussi les paupières autant qu'il peut sans les fermer tout à fait. Il aperçoit à peine, sortant et rentrant à tour de rôle au bas de la capote, les deux chaussures noires qui avancent et reculent sur la neige, alternativement.

Lorsqu'il passe dans la lumière d'un bec de gaz, il voit les petites taches blanches qui se précipitent à sa rencontre, bien nettes sur le cuir sombre des chaussures, et, plus haut, s'accrochant au tissu du manteau. Comme il se trouve alors éclairé lui-même, il tente de relever à ce moment la tête, afin d'apercevoir devant lui le gamin. Mais celui-ci, naturellement, est déjà rentré dans l'ombre ; et les multiples flocons blancs qui s'interposent entre eux sont au contraire illuminés par le lampadaire, ce qui empêche de rien distinguer au-delà. Bientôt aveuglé par les fins cristaux qui le frappent de plein fouet, le soldat doit baisser les yeux, de nouveau, sur la capote qui se couvre peu à peu de neige, sur le paquet mal ficelé, sur les grosses

chaussures qui continuent leur mouvement de va-
et-vient, comme deux balanciers décrivant côte à
côte des oscillations parallèles, identiques, mais
contrariées.

C'est seulement quelques pas plus loin, une fois
sorti du halo de lumière, qu'il peut s'assurer une
fois de plus de la présence du gamin, ombre incertaine aux pans d'étoffe agités par le vent sur le fond
de clarté du prochain réverbère, à cinq ou six mètres
en avant.

Et le gamin a disparu pour de bon. Le soldat est
seul, arrêté sur place. C'est une rue pareille aux
autres. Le gamin l'a conduit jusque-là et l'a laissé
seul, devant une maison comme les autres, et il lui
a dit : « C'est là. » Le soldat a regardé la maison,
la rue, d'un côté puis de l'autre, et la porte. C'était
une porte comme les autres. La rue était longue et
noire, avec seulement, de place en place, les zones
claires sous les mêmes lampadaires de fonte aux
ornements désuets.

Le gamin est reparti aussitôt ; mais, au lieu de
revenir sur ses pas, il a continué son chemin tout
droit, dans le même sens. Il a fait une dizaine de
mètres et s'est ensuite, brusquement, mis à courir.
Les pans de sa cape volaient derrière son dos.

Il a continué tout droit, bientôt disparu, apparaissant de nouveau à chaque réverbère, disparaissant, et de nouveau, de plus en plus petit, informe, estompé par la nuit et la neige...

Le soldat est seul, il regarde la porte devant laquelle il se trouve. Pourquoi l'enfant lui a-t-il indiqué cette maison-là plutôt qu'une autre, puisqu'il n'était chargé que de le mener jusqu'à cette rue ? Quelle est d'ailleurs cette rue ? Est-ce bien celle dont il s'agissait tout à l'heure ? Le soldat ne parvient plus à se souvenir du nom auquel l'invalide tenait tant : c'était quelque chose comme Mallart ou Malabar, Malardier, Montoire, Moutardier... Non, ça ne ressemblait pas à cela.

Contre la partie rentrante du mur, dans l'embrasure de la porte, du côté qui reçoit un peu de lumière du lampadaire le plus proche, est fixée à hauteur d'homme une petite plaque : quelque inscription concernant le locataire de l'immeuble, ou du moins l'un des locataires. La clarté n'est pas suffisante pour permettre au soldat de lire. Il y porte la main, ayant gravi la marche du seuil, sur le bord de laquelle il se maintient tant bien que mal, gêné par son étroitesse. Les caractères sont gravés en creux dans une matière polie et froide, mais ils sont trop petits et le soldat n'arrive pas à déchiffrer le moindre mot. Il remarque à cet instant que la porte est entrouverte : porte, couloir, porte, vestibule, porte, puis enfin une pièce éclairée, et une table avec un verre vide dont le fond contient encore un cercle de liquide rouge sombre, et un infirme qui s'appuie sur sa béquille, penché en avant dans un équilibre précaire. Non. Porte entrebâillée. Couloir. Escalier. Femme qui monte en courant d'étage en étage, tout au long de l'étroit colimaçon où son tablier gris tournoie en spirale. Porte. Et enfin une pièce éclairée : lit, commode, cheminée, bureau avec une lampe posée dans son coin gauche, et l'abat-jour qui dessine au plafond un cercle blanc. Non. Au-dessus de la commode une gravure encadrée de bois noir est fixée… Non. Non. Non.

La porte n'est pas entrebâillée. Le soldat passe son doigt sur la plaque polie, mais la main est déjà engourdie par le froid et il ne sent plus rien du tout. Puis le battant s'ouvre, en grand, d'un seul coup. Le couloir est toujours le même, mais il est cette fois éclairé. Il y a l'ampoule nue qui pend au bout de son fil, l'affiche de la défense passive contre le mur brun, juste à l'entrée, les portes closes à droite et à gauche et l'escalier, tout au fond, qui monte en spirale vers des parois successives et des angles obscurs.

« Qu'est-ce que vous… »

C'est un soldat encore, ou plutôt la moitié d'un soldat, car il est vêtu d'un calot et d'une vareuse militaires, mais avec un pantalon civil de couleur noire et des souliers en daim gris. Bras et jambes légèrement écartés, yeux écarquillés, bouche entrouverte, la silhouette s'est figée, interdite, menaçante, apeurée, elle recule vers le fond du corridor, insensiblement d'abord, puis de plus en plus vite, mais sans se détourner, sans que les pieds bougent l'un par rapport à l'autre, les membres et le corps entier restant rigides, comme si l'ensemble était monté sur un rail et tiré en arrière par une ficelle. Non.

Tandis que le soldat, ayant gravi la marche très étroite marquant le seuil, sur laquelle il se maintient tant bien que mal en équilibre, à demi appuyé contre le battant fermé de la porte qui gêne le corps dans son mouvement et l'oblige à une torsion anormale, la main gauche toujours enfoncée dans la poche de la capote et le bras serrant toujours au creux de la hanche le paquet enveloppé de papier brun, l'autre main levée vers la plaque polie fixée dans l'embrasure contre le mur de gauche, tandis que le soldat tente en vain de déchiffrer l'inscription en y promenant l'extrémité de ses trois doigts réunis, l'index, le médius et l'annulaire, la porte s'ouvre d'un seul coup, si brusquement qu'il doit s'accrocher au chambranle pour ne pas tomber, pour ne pas se trouver happé par ce corridor béant au milieu duquel se dresse un homme, un peu en retrait, un homme immobile portant vareuse et calot militaires, mais avec un pantalon civil et des chaussures basses de fantaisie ; sans doute sont-elles munies de semelles en caoutchouc, car aucun bruit n'a signalé l'approche des pas le long du couloir. Sur le col de la vareuse, les deux losanges de couleur portant le numéro matricule ont été enlevés. L'homme tient encore, d'une main, le bord de la porte qu'il vient de faire pivoter sur ses gonds. La main libre, la droite, s'élève jusqu'à la hauteur de l'épaule, en un signe d'accueil, inachevé, puis retombe.

« Entrez, dit-il, c'est ici. »

Le soldat franchit le seuil, fait trois pas dans le corridor, qu'éclaire une ampoule nue, pendue à l'extrémité d'un long fil électrique torsadé. Le soldat s'arrête. L'autre a refermé la porte. Le déplacement d'air a fait bouger la lampe, qui continue ensuite à se balancer au bout de son fil.

Devant le battant refermé, l'homme à la vareuse militaire est de nouveau immobile, bras et jambes légèrement écartés, mains pendantes, dans une attitude à la fois indécise et rigide. Tous les insignes distinctifs de son costume ont été décousus : non seulement ceux du col, mais aussi les galons sur les manches et sur le calot, laissant voir à l'emplacement qu'ils occupaient une petite surface de drap neuf, plus moelleuse et plus colorée que les régions avoisinantes, élimées, passées, salies par un long usage. La différence est si nette que la forme des signes absents ne laisse aucun doute : le losange de l'infanterie, les deux minces rectangles obliques, parallèles, indiquant le grade de caporal ; seules manquent les couleurs (rouge clair, grenat, violet, bleu, vert, jaune, noir...) qui renseigneraient d'une manière précise sur le régiment, la fonction, etc. Le visage, en pleine lumière à présent, semble las, tiré, amaigri, avec des pommettes trop marquées, des joues grisâtres, des yeux enfoncés dans les orbites. L'ombre du personnage se projette contre le bois de la porte, sur la droite, puis sur la gauche, puis sur la droite, sur la gauche, sur la droite, selon la position de l'ampoule électrique qui se balance au bout de son long fil, perpendiculairement à la direction du couloir. (Le courant d'air a dû, pourtant, entraîner la lampe dans le sens longitudinal, mais le plan des oscillations a tourné peu à peu, sans que leur amplitude diminue de façon sensible, et l'ombre raccourcie de l'homme apparaît et disparaît, tantôt à droite, tantôt à gauche, alternativement.)

« Vous êtes blessé ? » demande-t-il à la fin.

Le soldat fait, de la tête, un signe de dénégation.

« Malade ?

— Non plus... Fatigué seulement.

— Ça va. Vous n'avez qu'à monter. »

99

Mais ni l'un ni l'autre ne bouge. Et l'ombre de l'homme continue à se balancer. Il dit encore :

« Qu'est-ce que vous avez là, dans votre paquet ? »

Le soldat, après une hésitation, abaisse les yeux vers le papier brun, taché, et la ficelle distendue.

« Des affaires…

— Quel genre d'affaires ?

— Des affaires à moi. »

Il relève la tête. L'homme le regarde toujours du même air las, comme absent.

« Vous avez vos papiers militaires ?

— Non… » Le soldat ébauche un sourire, ou une grimace fugitive, qui déforme un instant sa bouche ; puis les sourcils se lèvent, pour marquer son étonnement devant cette exigence hors de propos.

« Non, bien sûr », répète l'autre, et au bout de quelques secondes : « Ça va bien. Vous n'avez qu'à monter. »

À ce moment, la lumière s'éteint. Un noir total remplace le visage maigre et blême, les deux mains pendantes aux doigts écartés, l'ombre et son va-et-vient de pendule. En même temps s'est arrêté le mouvement d'horlogerie qui faisait entendre son tic-tac régulier, sans que le soldat en ait pris conscience, depuis le début de la scène.

Et c'est sur une scène muette que la lumière se rallume. Le décor est sensiblement le même : un couloir étroit, peint en brun foncé jusqu'à mi-hauteur, et, au-dessus, d'une teinte beige incertaine, qui recouvre aussi le plafond, très élevé. Mais les portes, à droite comme à gauche, sont plus nombreuses. Elles sont, ainsi que précédemment, peintes en brun foncé sur toute leur surface, et de dimensions identiques : très hautes pour leur faible largeur. Le couloir est sans doute plus long. L'ampoule électrique est la même, ronde, de puissance assez faible, pendant au bout d'un fil torsadé. Le bouton de la minuterie, en porcelaine blanche, est placé juste en haut de l'escalier, à l'angle du mur. Les deux hommes marchent lentement, sans rien dire, l'un derrière l'autre. Le premier, celui qui est vêtu d'une ancienne vareuse de caporal, vient d'appuyer au passage sur le bouton de la minuterie (n'y avait-il pas de bouton au rez-de-chaussée, puisque la montée s'est effectuée dans le noir ?) ; mais le déclenchement du système n'a fait entendre qu'un simple déclic ; le mouvement d'horlogerie, trop atténué, est couvert par le bruit des grosses chaussures à clous sur les dernières marches, que le soldat gravit avec moins de difficulté, maintenant qu'il voit clair. Son guide, devant lui, porte des semelles en caoutchouc à ses souliers de daim gris ; le chuintement de ses pas est à peine perceptible. L'un derrière l'autre, les deux hommes passent devant les portes closes, à droite et à gauche, l'une après l'autre, étroites et hautes, avec leur poignée de porcelaine blanche, brillante, qui se détache sur la peinture mate et sombre, masse arrondie en forme d'œuf où l'image de l'ampoule électrique fait un point lumineux, se répétant sur la droite et sur la gauche, à chaque porte l'une après l'autre.

Tout au bout du couloir se dresse une dernière porte, semblable aux autres. Le soldat voit, devant lui, l'homme qui s'y arrête, la main sur la poignée de porcelaine. Quand il l'a rejoint, l'homme ouvre rapidement, pour le faire passer le premier, entre à son tour, referme la porte derrière eux.

Ils se trouvent dans une petite pièce sans lumière, éclairée cependant d'une lueur bleuâtre, qui vient du dehors par les six carreaux d'une fenêtre, dépourvue de volets comme de rideaux. Le soldat s'approche des vitres nues. Il aperçoit la rue déserte, toute blanche de neige, uniformément. Sa main s'est posée sur la poignée de porcelaine, lisse et froide sous la paume. La crémone n'est pas fermée, les deux battants sont seulement poussés, ils s'ouvrent d'eux-mêmes sans aucun effort, par le simple poids du bras qui s'y accroche. Le soldat se penche à l'extérieur. Il ne neige plus. Le vent est tombé. La nuit est calme. Le soldat se penche un peu plus. Le trottoir lui apparaît, beaucoup plus bas qu'il ne s'y attendait. Cramponné à la barre d'appui, il voit sous lui la série verticale des fenêtres successives, et l'entrée de l'immeuble, tout en bas, et la marche blanche du seuil, éclairée par le réverbère voisin. La porte elle-même, un peu en retrait, n'est pas visible. Des pas sont marqués dans la neige fraîche, une trace de gros souliers qui, venant de gauche le long des maisons, conduit jusqu'à l'entrée, et se termine là, à la verticale de l'œil. Une masse indistincte bouge dans l'embrasure. On dirait un homme enveloppé d'un grand manteau, ou d'une capote militaire. Il est monté sur la marche et son corps est collé contre la porte. Mais la partie qui dépasse permet de reconnaître avec netteté une épaule à patte boutonnée, un bras replié qui tient sous le coude un paquet rectangulaire, de la dimension d'une boîte à chaussures.

« Ça n'a pas l'air d'aller fort, hein ? » dit l'homme en revenant vers lui.

Le soldat s'est assis, au hasard, sur une chaise que sa main a rencontrée en arrière. L'homme, qui s'était écarté un instant pour aller fouiller dans le fond de la pièce, est revenu en tenant dans les bras un ballot assez volumineux, difficile à identifier dans cette demi-clarté lunaire : des étoffes...

« Ça n'a pas l'air d'aller fort.

— Je ne sais pas... répond le soldat en se passant la main sur le visage, non... ce n'est rien. »

L'autre main est restée dans la poche de sa capote. Il rajuste le paquet, au creux de son coude. Il voit la série verticale des fenêtres successives, chacune marquée d'un trait blanc au bas de l'embrasure enneigée, la série verticale des échelons parallèles, qui descend jusqu'au seuil de la porte d'entrée — comme une pierre qui tombe. Il se relève et s'avance d'un pas mécanique derrière l'homme, qui se dirige vers la porte. Ce sont des couvertures qu'il tient sous son bras. Dans le couloir, la minuterie s'est de nouveau éteinte.

Ils se trouvent dans une longue pièce éclairée d'ampoules bleues. Il y a des lits alignés, de chaque côté, contre les deux murs latéraux : une paroi nue à gauche, et à droite une succession de fenêtres équidistantes, dont les six carreaux sont garnis de papier collé. Les fenêtres ont l'air situées au ras du mur, sans le moindre renfoncement inté-rieur ; seule les distingue leur peinture très foncée ; comme la paroi, tout autour, et le papier qui recouvre exactement chaque vitre sont de la même teinte pâle, sous cette lumière bleue, on peut croire qu'il s'agit là de fausses ouvertures, figurées par un rectangle aux contours épais, divisé en six carrés égaux par des traits plus minces : une verticale médiane, et deux horizontales qui la décou-pent par tiers. Venant de l'obscurité totale du cor-ridor, le soldat se dirige sans aucune peine entre les deux lignes de lits métalliques rangés en bon ordre ; ce faible éclairage lui suffit à discerner nettement le contour des choses.

Des hommes sont couchés, sur presque tous les lits, enveloppés de couvertures sombres. Le personnage aux galons décousus a conduit le soldat jusqu'au milieu de la file, du côté du mur sans fenêtres, et lui a désigné une paillasse libre en y déposant les couvertures ; puis il est reparti, sans plus d'explications, de son pas caoutchouté, et il a refermé la porte.

Les couvertures pliées forment deux rectangles sombres, sur le fond clair du matelas, deux rectangles qui se chevauchent par un coin. Les deux lits voisins, à droite et à gauche, sont occupés : deux corps étendus sur le dos, enroulés dans leurs couvertures ; la tête est soutenue par un traversin de la même teinte claire que la paillasse ; celui de droite a en outre les mains passées sous la nuque, les coudes repliés pointent en l'air, obliquement, de chaque côté. L'homme ne dort pas : ses yeux sont grands ouverts. Son camarade de gauche, dont les bras sont cachés le long du corps, ne dort pas non plus. D'autres, plus loin, allongés de côté, ont le buste légèrement relevé sur un coude. L'un d'eux est même à demi dressé sur son séant : il regarde le nouvel arrivant, dans la pénombre, arrêté devant son lit, une main s'appuyant du bout des doigts sur la barre de fer horizontale qui en termine le pied, l'autre main dans la poche de la capote, une boîte à chaussures sous le bras. Tous sont parfaitement immobiles et silencieux. Sans doute n'ont-ils pas sommeil : il est encore trop tôt ; et le manque d'une lumière suffisante les empêche de rien faire d'autre que de rester là, les yeux grands ouverts, à regarder celui qui arrive, son aspect de statue et sa boîte à chaussures, ou les fausses fenêtres devant eux, ou le mur nu, ou le plafond, ou le vide.

Le soldat s'approche enfin de la tête du lit, en même temps que, de sa main droite, il prend le paquet que retenait son bras gauche. Et il demeure en arrêt de nouveau. Cette salle, il le remarque à présent, se distingue par un détail important des véritables chambrées de casernement militaire : il n'y a pas de planche à paquetage, courant le long du mur, au-dessus des lits. Le soldat reste là, avec sa boîte dans les mains, se demandant où il va pouvoir la déposer pour la nuit, craignant à la fois de s'en séparer et d'attirer davantage l'attention sur elle. Après beaucoup d'hésitations, il écarte le traversin de la grille en fer peint qui forme la tête du lit, y dépose la boîte, sur l'extrémité du matelas, et repousse le traversin contre elle, afin de la caler solidement. Il pense qu'ainsi, lorsqu'il aura la tête sur le traversin, toute tentative pour s'emparer de la boîte le tirerait de son sommeil, si lourd soit-il. Ensuite, assis sur le lit et courbé en avant, il commence à enlever ses molletières, avec lenteur, enroulant au fur et à mesure la bande d'étoffe sur elle-même, en la tournant autour de la jambe.

« Tu sais même pas rouler tes molletières. » Au pied du réverbère, sur le bord du trottoir, le gamin considère fixement les chevilles du soldat. Puis, remontant le long des jambes, il détaille tout le costume des pieds à la tête, arrêtant à la fin son regard sur les joues creuses, noires de barbe :

« Où tu as dormi, cette nuit ? »

Le soldat répond d'un signe vague. Toujours courbé en avant, il dénoue le lacet d'une chaussure. L'enfant se met à reculer progressivement, à s'éloigner vers le fond de la scène, mais sans se retourner, sans faire un mouvement, fixant toujours le soldat de ses yeux sérieux, sous son béret de laine bleu marine enfoncé des deux côtés sur les oreilles, les mains tenant, de l'intérieur, les bords de la pèlerine rapprochés, tandis que tout le corps semble glisser en arrière sur le trottoir enneigé, le long des façades plates, dépassant l'une après l'autre les fenêtres du rez-de-chaussée : quatre fenêtres identiques, suivies d'une porte à peine différente, puis quatre fenêtres encore, une porte, une fenêtre, une fenêtre, une fenêtre, une fenêtre, une porte, une fenêtre, une fenêtre, de plus en plus vite à mesure qu'il prend de la distance, devenant de plus en plus petit, de plus en plus incertain, de plus en plus brouillé dans le crépuscule, soudain happé vers l'horizon et disparaissant alors d'un seul coup, en un clin d'œil, comme une pierre qui tombe.

Le soldat s'est allongé sur sa paillasse, tout habillé, ayant seulement quitté ses grosses chaussures, qu'il a placées sous le lit à côté des bandes molletières. Il s'est enroulé dans les deux couvertures, par-dessus la capote dont il s'est contenté de déboutonner le col, trop épuisé pour faire un geste de plus. La salle n'est d'ailleurs pas chauffée, sinon par la respiration des hommes qui s'y trouvent rassemblés. Il n'y a pas de gros poêle carré, en faïence, près de la porte du fond, tout au bout du comptoir, avec son tuyau coudé à angle droit qui rejoindrait le mur au-dessus des étagères à bouteilles. Mais le principal est de se trouver à l'abri de la neige qui tombe et du vent.

Le soldat, les yeux grands ouverts, continue de fixer la pénombre devant soi, à quelques mètres devant soi, là où se dresse l'enfant, immobile et rigide lui aussi, debout, les bras le long du corps. Mais c'est comme si le soldat ne voyait pas l'enfant — ni l'enfant ni rien d'autre.

Il a fini son verre depuis longtemps. Il n'a pas l'air de songer à s'en aller. Pourtant, autour de lui, la salle s'est vidée de ses derniers clients, et le patron est sorti par la porte du fond, après avoir éteint la plus grande partie des lampes.

« Tu peux pas dormir là, tu sais. »

Derrière la table et le verre vide, derrière l'enfant, derrière la grande vitre avec son voilage froncé qui la masque jusqu'à mi-hauteur, ses trois boules en triangle et son inscription à l'envers, les flocons blancs tombent toujours avec la même lenteur, d'une chute verticale et régulière. C'est sans doute ce mouvement continu, uniforme, inaltérable, que le soldat contemple, immobile à sa table entre ses deux compagnons. L'enfant assis par terre, au premier plan, regarde aussi dans cette direction, bien qu'il ne puisse, sans lever la tête, apercevoir la vitre nue au-dessus du rideau froncé. Quant aux autres personnages, ils ne paraissent pas se soucier de ce qui se passe de ce côté-là : l'ensemble des buveurs attablés, parlant avec animation et gesticulant, la foule du fond qui se dirige vers la gauche du tableau, là où se dressent les portemanteaux surchargés, le groupe qui est debout dans la partie droite, tourné vers le mur, en train de lire l'affiche qui s'y trouve placardée, et le patron derrière son comptoir, penché en avant vers les six hommes aux costumes bourgeois, formant un petit cercle aux attitudes emphatiques, figés ainsi que tous les autres au beau milieu de gestes auxquels cet arrêt arbitraire a enlevé tout naturel, comme ceux d'une compagnie qu'un photographe a voulu prendre en pleine vie, mais que des nécessités techniques ont contraint de garder trop longtemps la pose : « Et maintenant ne bougeons plus !... » Un bras reste à moitié levé, une bouche entrouverte, une tête penchée à la renverse ; mais la tension a succédé au mouvement, les traits se sont crispés, les membres raidis, le sourire est devenu rictus, l'élan a perdu son intention et son sens. Il ne subsiste plus, à leur place, que la démesure, et l'étrangeté, et la mort.

Les six personnages en vestes longues et redingotes qui se tiennent debout devant le comptoir, sous l'œil du patron dont le corps massif, courbé vers eux, s'agrippe des deux mains, bras écartés, au rebord intérieur de celui-ci, sur le dessus duquel sont posés les six verres, encore pleins, des clients détournés pour l'instant de leur soif par une discussion, sans doute débordante d'agitation et de bruit — poing qui se dresse d'un air vengeur, tête rejetée en arrière pour porter plus haut les paroles sacrées que la bouche profère avec violence, et les autres tout autour approuvant, ponctuant la phrase par d'autres gestes solennels, parlant ou s'exclamant tous à la fois — les six personnages réunis sur la gauche, au premier plan, sont ceux qui attirent d'abord l'attention.

Mais le plus remarquable du groupe n'est peut-être pas le petit homme corpulent qui déclame, au centre, ni les quatre autres à ses côtés (deux se présentent de face, un de profil, un de dos) qui font écho à ses discours, mais le dernier, situé en arrière, un peu à l'écart, et dominant ses compagnons de près d'une tête. Sa mise est sensiblement la même, autant que l'on peut en juger, puisqu'il a le corps presque entièrement caché par ses voisins, à l'exception du col ouvert sur une large cravate blanche et d'une épaule très ajustée, et du bras opposé qui reparaît derrière une des têtes, tendu à l'horizontale pour aller s'appuyer du coude et de la main sur le bord arrondi du comptoir, devant un verre en cône évasé monté sur un pied circulaire.

Celui-là ne paraît guère s'intéresser à ce que disent et font ses amis, sous ses yeux. Il regarde, par-dessus les buveurs attablés, vers l'unique personnage féminin de toute la scène : une serveuse à la silhouette svelte qui est debout au milieu de la salle, en train d'évoluer avec un plateau chargé d'une seule bouteille, parmi les bancs, les tables, les chaises et les corps des ouvriers assis dans tous les sens. Elle est vêtue d'une robe simple à très large jupe froncée, serrée à la taille et munie de longues manches. Elle a d'abondants cheveux noirs en chignon et un visage régulier, aux traits accusés mais fins. Ses gestes donnent l'impression d'une certaine grâce. Il est difficile de savoir de quel côté elle va, à cause de la forte torsion qui affecte le buste et le corps entier, si bien que son profil n'indique pas la même direction que ses hanches, comme si elle donnait un coup d'œil circulaire afin d'inspecter l'ensemble des tablées et de découvrir si personne ne la réclame, tandis qu'elle élève au-dessus des têtes son plateau tenu à deux mains. Le plateau penche d'ailleurs d'une façon inquiétante, ainsi que la bouteille d'un litre qui est posée dessus en équilibre. Au lieu de surveiller ce chargement précaire, c'est de l'autre côté que la femme regarde, la tête tournée de plus de quatre-vingt-dix degrés par rapport au plateau, vers la partie droite de la scène et la table ronde où sont assis les trois soldats.

Il n'est pas certain que ce soit à eux seuls qu'elle s'intéresse : d'autres clients se trouvent en même temps dans son champ visuel, au-delà de cette table en particulier, des civils assis à une autre table, moins apparents parce que figurés d'un dessin plus flou, néanmoins tout aussi présents pour la serveuse elle-même. Et précisément l'un de ceux-là semble tendre une main en l'air pour appeler.

Mais le regard que l'œil de profil de la jeune femme aux cheveux noirs dirigerait vers ce bras tendu, à l'arrière-plan, passerait, de toute manière, juste par le visage levé du soldat qui est placé de face, encadré par ses deux compagnons (dont la figure n'est pas visible sur le dessin), un visage inexpressif, aux traits creusés par la fatigue, contrastant par son calme avec les contorsions et grimaces répandues partout alentour. Ses mains, de même, reposent à plat sur la table, recouverte d'une toile cirée à petits carreaux blancs et rouges, où des verres, déplacés à maintes reprises, ont laissé de nombreuses traces circulaires, plus ou moins épaisses, plus ou moins complètes, plus ou moins sèches déjà, plus ou moins nettes, certaines brouillées tout à fait par le glissement d'un verre, ou par une manche de capote, ou par un coup de chiffon.

Et maintenant la femme est assise sur une chaise, en face du soldat, de l'autre côté de la table à la toile cirée rouge et blanche, dont les bords pendent en plis raides. Tandis que le soldat mâche lentement le pain qu'elle est allée chercher pour lui, en même temps que la bouteille et le verre, il regarde vers la porte du fond, à demi fermée, qui laisse deviner une silhouette enfantine dans son entrebâillement. La jeune femme aux cheveux noirs et aux yeux clairs vient de poser ses questions au sujet du régiment auquel appartient son visiteur — auquel appartiennent, du moins, l'uniforme et les insignes militaires de ce dernier.

Dans le silence qui suit, alors que le soldat a reporté les yeux sur son hôtesse, la tête de celle-ci se détourne insensiblement, d'un mouvement de rotation en sens inverse, vers le portrait accroché au mur au-dessus de la commode. C'est une photographie en pied de son mari, prise le matin du départ pour le front, dans les premiers jours de l'offensive, à l'époque où tout le monde, à l'arrière, était persuadé d'une victoire facile et rapide. Elle n'a, depuis lors, jamais reçu de ses nouvelles. Elle sait seulement que l'unité dans laquelle il combattait se trouvait dans la région de Reichenfels au moment de la percée ennemie.

Le soldat lui demande quelle était cette unité. Bien que la réponse ne soit pas très précise et qu'elle méconnaisse complètement l'organisation des armées, il semble que la position indiquée par la dame soit une erreur : le bataillon dont elle parle ne s'est même pas battu, il a été encerclé et désarmé, beaucoup plus à l'ouest. Cependant, le soldat n'a pas envie d'entamer une discussion à ce propos, d'autant plus que la jeune femme pourrait y voir des intentions blessantes quant à la carrière militaire de son mari. Il se contente donc de faire une remarque générale : il y avait beaucoup moins de troupes à Reichenfels qu'on ne l'a prétendu par la suite.

« Alors vous pensez qu'il est prisonnier ?

— Oui, dit-il, probablement. » Ce qui ne l'engage pas à grand-chose, car, à moins qu'il ne soit mort, il sera bientôt prisonnier, de toute façon.

C'est à cet instant que l'invalide est entré dans la pièce, par la porte entrebâillée de la chambre voisine, se déplaçant sans montrer aucune gêne entre les divers obstacles, manœuvrant avec agilité sa béquille de bois. Et le gamin n'a pas tardé à reparaître, par l'autre porte.

C'est ce gamin qui conduit ensuite le soldat par les rues désertes, dans le soir qui tombe, le long des maisons aux fenêtres sans lumière. Il reste pourtant des habitants, dans la ville ; une grande partie des civils ne doit pas l'avoir quittée, lorsqu'il en était encore temps. Personne n'ose donc plus ouvrir l'électricité dans les pièces qui donnent sur la rue ? Pourquoi ces gens continuent-ils à respecter les instructions périmées de la défense passive ? Sans doute est-ce par habitude ; ou bien parce que nulle administration n'est là pour rapporter les anciennes mesures. Cela n'aurait évidemment plus aucune importance, maintenant. L'éclairage urbain fonctionne d'ailleurs comme en temps de paix ; il y a même des lampadaires qui sont restés allumés tout le jour.

Mais les fenêtres qui se succèdent le long des façades plates, au rez-de-chaussée comme à tous les étages des hautes maisons uniformes, ne laissent pas filtrer la moindre lueur. Cependant aucun volet ni rideau n'a été tiré devant ni derrière les vitres, aussi noires et nues que si tous ces appartements étaient inhabités, brillant seulement parfois, sous certains angles fugitifs, du bref reflet d'un réverbère.

Le gamin semble aller de plus en plus vite, et le soldat, trop exténué, ne parvient plus à le suivre. La forme menue, enveloppée dans sa cape noire, d'où sortent les deux jambes noires d'un étroit pantalon, prend de plus en plus d'avance. Le soldat craint à chaque instant de l'avoir perdue. Il l'aperçoit alors loin devant lui, beaucoup plus loin qu'il ne la cherchait, éclairée soudain au passage par un réverbère, puis rentrant aussitôt dans l'ombre, de nouveau invisible.

L'enfant risque ainsi à tout moment d'obliquer sans être vu dans une rue adjacente, car le chemin qu'il a emprunté depuis le départ est loin d'être droit. Heureusement la neige fraîche du trottoir garde ses empreintes, les seules sur toute la surface vierge entre la ligne des immeubles et le bord parallèle du caniveau, empreintes bien nettes malgré la rapidité de la marche, peu enfoncées dans la mince couche nouvelle qui vient de tomber sur les sentiers durcis dans la journée par les passants, des empreintes de semelles en caoutchouc à chevrons, avec sur le talon une croix au milieu d'un cercle.

Voici que la trace s'arrête, brusquement, devant une porte toute semblable aux autres, mais dont le battant n'est pas complètement clos. La marche qui en forme le seuil est très étroite et peut être franchie d'un pas sans poser le pied dessus. Le fond du couloir est éclairé. On entend le mouvement d'horlogerie de la minuterie, comme le tic-tac d'un gros réveil. Dans le prolongement du couloir commence un escalier assez exigu, qui s'élève, en courtes volées, séparées par de petits paliers carrés, faisant des coudes à angle droit. Les paliers des étages, en dépit des nombreuses portes qui ouvrent sur eux, sont à peine plus vastes. Tout en haut se trouve la chambre close, où la poussière peu à peu se dépose en couche grise, sur la table et sur les menus objets qui l'encombrent, sur la cheminée, sur le marbre de la commode, sur le lit-divan, sur le plancher ciré où les chaussons de feutre...

La trace continue, régulière et rectiligne, dans la neige fraîche. Elle continue pendant des heures, un pied droit, un pied gauche, un pied droit, pendant des heures. Et le soldat marche toujours, de son pas mécanique, engourdi de fatigue et de froid, avançant machinalement un pied après l'autre, sans même être certain d'une progression quelconque, car les mêmes empreintes régulières se retrouvent toujours, à la même place, sous ses pas. Comme l'écartement des semelles à chevrons correspond à sa propre enjambée d'homme à bout de forces, il s'est mis tout naturellement à poser les pieds dans les marques déjà faites. Sa chaussure est un peu plus grande, mais ça se remarque à peine, dans la neige. Il a l'impression, tout à coup, d'être déjà passé là lui-même, avant lui.

Mais la neige tombait encore, à ce moment-là, en flocons serrés, et les empreintes du guide, à peine faites, commençaient aussitôt à perdre leur précision et se comblaient rapidement, de plus en plus méconnaissables à mesure que la distance augmentait entre le soldat et lui, leur simple présence ne tardant pas à devenir à son tour très douteuse, dépression à peine sensible dans l'uniformité de la surface, finissant même par disparaître tout à fait sur plusieurs mètres...

Le soldat croit avoir définitivement perdu la piste, quand il voit à quelques pas de lui, sous un réverbère, le gamin arrêté qui l'attend, serré dans sa pèlerine noire, déjà blanche de neige.

« C'est là », dit-il en désignant la porte, toute semblable aux autres.

Puis, c'est l'ampoule électrique qui se balance

au bout de son long fil, et l'ombre de l'homme qui se balance sur la porte refermée, comme un lent métronome.

Dans la nuit le soldat se réveille en sursaut. Les lampes bleues brûlent toujours, suspendues au plafond. Il y en a trois, alignées suivant le grand axe de la salle. Le soldat s'est, d'un seul mouvement, débarrassé de ses couvertures et assis sur le bord du lit, les deux pieds par terre. Il rêvait que l'alerte sonnait. Il était dans une tranchée sinueuse, dont le haut lui arrivait juste à hauteur du front ; il tenait à la main une sorte de grenade explosive, de forme allongée, un engin à retardement dont il venait de mettre le mécanisme en marche. Sans perdre une seconde, il devait lancer la chose hors de la tranchée. Il entendait son mouvement d'horlogerie, comme le tic-tac d'un gros réveil. Mais il restait là, avec la grenade à la main, le bras tendu dans son geste ébauché, figé de façon incompréhensible, et de plus en plus rigide, de moins en moins capable de bouger ne fût-ce qu'un doigt, à mesure que l'instant de l'explosion approchait. Il a dû pousser un hurlement, pour se tirer du cauchemar.

Pourtant les autres dormeurs ont l'air parfaitement calmes. Sans doute n'a-t-il pas crié vraiment. En regardant avec plus d'attention, il constate que son voisin a les yeux grands ouverts : les deux mains sous la nuque, il continue de fixer la pénombre devant lui.

Moitié dans l'intention de trouver un peu d'eau à boire, moitié pour se donner une contenance, le soldat se lève, et, sans remettre ses chaussures pour éviter de faire du bruit, il sort de la file des lits et se dirige vers la porte par laquelle il est entré en arrivant. Il a soif. Il sent non seulement sa gorge sèche, mais tout son corps qui le brûle, malgré le froid. Il atteint la porte, dont il essaie de manœuvrer la poignée, mais la serrure résiste. Il n'ose pas la secouer trop fort, de peur de réveiller tout le monde. Elle semble d'ailleurs fermée à clef.

S'étant retourné, pris de panique, il s'aperçoit que les fenêtres, les fausses fenêtres peintes en noir contre le mur, se trouvent à présent sur sa gauche, alors qu'elles étaient à droite lorsqu'il est entré dans cette salle pour la première fois. Il avise alors une seconde porte, identique, à l'autre bout du long passage ménagé entre les deux rangées de lits. Comprenant qu'il a dû se tromper de côté, il retraverse la salle, dans toute sa longueur, entre les deux alignements de corps allongés. Tous les yeux sont grands ouverts et le regardent passer, dans un silence total.

En effet l'autre porte s'ouvre avec facilité. Les

lavabos sont situés au bout du couloir. Le soldat s'en est informé en montant, avant de se coucher. Voulant rajuster sous son bras le paquet enveloppé de papier brun, il se rappelle subitement l'avoir laissé derrière le traversin, sans surveillance. Il referme aussitôt la porte et revient à pas rapides vers son lit. Du premier coup d'œil, il voit que le traversin est maintenant poussé à fond contre les tiges de fer verticales ; il s'approche, et vérifie que la boîte n'est plus là ; il retourne le traversin, comme s'il était nécessaire de s'en convaincre davantage, il retourne le traversin, à deux reprises ; enfin il se redresse, ne sachant plus que faire. Mais il n'y a plus de couvertures, non plus, sur le matelas. Et le soldat reconnaît, trois lits plus loin, des couvertures rejetées en boule sur une paillasse vide. Il s'est seulement trompé de lit.

Sur le sien, tout est en place : couvertures, traversin et paquet. Et, sous le lit, les chaussures et les bandes molletières roulées sont également là. Le soldat se recouche, sans avoir bu. En dépit de sa gorge brûlante, il n'a plus la force de recommencer sa tentative, de s'avancer dans le dédale des couloirs sans lumière, jusqu'à cette eau infiniment lointaine et problématique. Les allées et venues qu'il vient d'effectuer à travers le dortoir se sont déroulées très vite, dans le reste d'agitation d'un réveil fiévreux. Il se sent à présent incapable de faire un pas de plus. Il ne pourrait, d'ailleurs, sortir avec sa grosse boîte à la main sans éveiller, ou renforcer, des soupçons inutiles ; sa conduite récente ne l'a que trop fait remarquer déjà. Il prend à peine le temps de s'envelopper pieds et jambes dans l'une des couvertures, avant de s'allonger de nouveau, en étendant la seconde sur tout son corps, tant bien que mal. Et derechef il marche dans la neige le long des rues désertes, au pied des hautes façades plates qui se succèdent, sans une variante, indéfiniment. Sa route est jalonnée par les lampadaires noirs aux ornementations stylisées, d'une élégance anachronique, dont les ampoules brillent d'un éclat jaune dans le jour blafard.

Le soldat se hâte, autant qu'il peut, sans courir toutefois, comme s'il redoutait, en même temps, que quelqu'un ne soit à sa poursuite et qu'une fuite trop claire ne le signale à la méfiance des passants. Mais aucune silhouette de passant ne se dessine, aussi loin que s'étend la vue vers l'extrémité grise de la rue rectiligne, et, chaque fois que le soldat se retourne pour regarder en arrière, tout en continuant sa route sans ralentir l'allure, il peut constater que nul poursuivant ne menace de le rejoindre : le trottoir blanc s'allonge, aussi vide que dans l'autre sens, avec seulement la ligne d'empreintes laissées par les chaussures à clous, un peu défor-

122

mée de place en place, chaque fois que le soldat s'est retourné.

Il était en train d'attendre, au coin d'une rue, près d'un réverbère. Il regardait en face de lui la maison d'angle, de l'autre côté de la chaussée. Il la regardait déjà depuis un certain temps, lorsqu'il s'est aperçu que des gens se trouvaient réunis dans une pièce du deuxième étage. C'était une assez grande pièce, sans aucun mobilier visible, avec deux fenêtres ; les silhouettes allaient et venaient de l'une à l'autre, mais sans approcher des vitres, dépourvues de rideaux. Le soldat voyait surtout leurs visages blêmes, en retrait dans la demi-obscurité des profondeurs. Ce devait être une salle aux parois très sombres, pour que ces figures se détachent ainsi sur un fond de ténèbres. Les personnages avaient l'air de parler entre eux, de se consulter ; ils faisaient des gestes, que signalait la blancheur relative de leurs mains. Ils observaient quelque chose, dans la rue, et le sujet de la discussion semblait d'importance. Tout à coup le soldat a compris qu'il ne pouvait s'agir que de lui-même : ils n'avaient rien d'autre en face d'eux, sur le trottoir ou la chaussée. Pour donner le change, il s'est mis à inspecter les alentours, à scruter l'horizon, d'un côté, puis de l'autre. Non pas exactement pour donner le change, mais pour bien montrer qu'il attendait quelqu'un et ne se sou-

ciait guère de la maison devant laquelle il stationnait ainsi par hasard.

Lorsqu'il a de nouveau jeté un coup d'œil, furtif,
vers les fenêtres du deuxième étage, les faces blêmes
s'étaient sensiblement rapprochées des vitres nues.
Un des personnages le désignait du doigt sans se
gêner, main pointant en avant ; les autres visages
étaient groupés autour du premier, à des niveaux
divers, comme si leurs possesseurs se tenaient les
uns légèrement baissés, d'autres au contraire dressés
sur la pointe des pieds, ou même sur des chaises ;
la croisée voisine était vide.

« Ils me prennent pour un espion », a pensé le
soldat. Préférant ne pas avoir à plaider contre cette
accusation, qui menaçait d'être formulée de façon
plus pressante, il a feint de consulter à son poignet
une montre absente et il s'est éloigné, sans réfléchir
davantage, dans la rue perpendiculaire.

Au bout d'une dizaine de pas, il a jugé cette
conduite maladroite : elle ne faisait que confirmer
les soupçons des observateurs, qui n'allaient pas tarder à se lancer sur sa trace. Instinctivement il a
marché plus vite. Croyant entendre dans son dos le
bruit d'une fenêtre qu'on ouvrait avec violence, il a
même eu du mal à s'empêcher de courir tout à fait.

Le soldat se retourne une fois de plus pour
regarder en arrière : il n'y a toujours personne.

Mais, en ramenant les yeux dans le sens de sa marche, il aperçoit maintenant le gamin, qui paraît le guetter au passage, à demi caché derrière un coin de maison, au carrefour suivant.

Cette fois le soldat s'arrête net. La porte de l'immeuble, sur sa gauche, est entrouverte sur une entrée obscure. Là-bas, au carrefour, le gamin s'est reculé peu à peu, jusqu'à ce qu'il soit entièrement dissimulé par l'angle de pierre. Le soldat fait un brusque saut de côté et se retrouve dans le couloir. Au bout de celui-ci, sans perdre une minute, il commence à gravir l'étroit escalier aux courtes volées successives, articulées à angle droit et séparées entre elles par de petits paliers carrés.

Tout en haut, au dernier étage, il y a la chambre, bien close derrière ses épais rideaux. La boîte à chaussures enveloppée de papier brun est posée sur la commode, le poignard-baïonnette sur le marbre de la cheminée. La poussière a déjà recouvert d'une couche ténue la forte lame à deux tranchants, dont elle ternit l'éclat sous la lumière tamisée que répand la lampe à abat-jour posée sur la table. L'ombre de la mouche, au plafond, continue son manège.

À droite du grand cercle lumineux dont elle suit avec régularité le pourtour, il y a, dans l'angle du plafond, une petite ligne noire, très fine, longue d'une dizaine de centimètres, à peine perceptible :

une fissure dans le plâtre, ou un fil d'araignée chargé de poussière, ou une trace quelconque de choc ou d'éraflure. Cette imperfection dans la surface blanche n'est du reste pas également visible de tous les points. Elle est surtout remarquable pour un observateur placé contre la cloison de droite, mais en bas de celle-ci et à l'autre bout de la pièce, regardant en l'air obliquement, suivant à peu près la diagonale de cette cloison, comme il est normal pour une personne allongée sur le lit, la tête posée sur le traversin.

Le soldat est allongé sur son lit. C'est le froid qui l'a réveillé, sans doute. Il est sur le dos, dans la position qu'il occupait lorsqu'il a ouvert les yeux ; il n'a pas fait un mouvement depuis. Devant lui, les fenêtres sont ouvertes en grand. De l'autre côté de la rue, il y a d'autres fenêtres, identiques à celles-ci. Dans la salle, tous les hommes sont encore couchés ; ils ont pour la plupart l'air de dormir. Le soldat ignore combien de temps il a dormi lui-même. Il ne sait pas non plus l'heure qu'il est à présent. À droite comme à gauche, ses voisins immédiats se sont enveloppés aussi étroitement que possible dans leurs couvertures ; l'un des deux, qui est tourné de son côté, s'est même recouvert une partie du visage, ne laissant dépasser que le nez, tandis qu'un pan d'étoffe ramené sur la tête protège les yeux en auvent. Bien qu'il soit difficile d'apercevoir le costume que portent les dormeurs, il semble qu'aucun d'eux ne se soit déshabillé pour la nuit, car on ne voit nulle part de vêtements pendus, ou pliés, ou jetés au hasard. Il n'y a d'ailleurs ni portemanteaux, ni étagères, ni placards d'aucune sorte, et seuls les bouts des lits pourraient servir pour accrocher les capotes, vareuses, culottes, etc. ; or ces bouts de lit, en tiges métalliques peintes de laque blanche, sont tous parfaitement dégagés, au pied comme à la tête. Sans bouger le corps, le soldat tâte derrière lui son traversin, à l'aveuglette, afin de s'assurer que la boîte est toujours là.

Il doit maintenant se lever. S'il ne réussit pas à remettre ce paquet au destinataire, il a du moins la ressource de s'en débarrasser, pendant qu'il en est encore temps. Demain, ce soir déjà, ou même dans quelques heures, cela sera trop tard. De toutes façons, il n'a aucune raison de rester ici à ne rien faire ; le séjour prolongé dans cette pseudo-caserne, ou infirmerie, ou centre d'accueil, ne peut que lui attirer des complications nouvelles, et il y compromet peut-être ses dernières chances de succès.

Le soldat veut se redresser sur les coudes. Tout

son corps est ankylosé. Ayant seulement glissé de quelques centimètres sur le dos, vers la tête du lit, il se laisse retomber en arrière, les épaules venant s'appuyer contre les tiges de fer verticales supportant la barre supérieure, plus épaisse, où la nuque elle-même trouve un soutien. La boîte, heureusement, ne risque pas de s'écraser. Le soldat tourne le visage vers la droite, du côté où est la porte par laquelle il doit sortir.

Après l'homme dont le visage est encapuchonné dans un pan de la grossière étoffe brune, le dormeur suivant a un de ses bras qui dépasse hors des couvertures, un bras vêtu de drap couleur kaki : une manche de veste militaire. La main, rougeâtre, pend au bord du matelas. Plus loin, d'autres corps reposent, allongés ou recroquevillés en chien de fusil. Plusieurs ont gardé leur calot sur la tête.

Au fond de la salle, la porte s'est ouverte sans bruit et deux hommes sont entrés, l'un derrière l'autre. Le premier est un civil, vêtu à la campagnarde : bottes en cuir rude, culotte de cheval sans ampleur, canadienne fourrée bâillant sur un long chandail à col montant ; il a gardé sur la tête un chapeau de feutre d'une teinte passée, déformé par l'usage ; l'ensemble de son accoutrement est fatigué, avachi, et même plutôt sale. Le second personnage est celui de la veille au soir, avec sa va-

128

reuse et son calot de caporal aux galons décousus. Sans s'arrêter aux premiers lits, sans même leur jeter un coup d'œil au passage, ils se sont avancés dans l'espace médian jusqu'à l'un des dormeurs de la rangée d'en face, situé sous la deuxième fenêtre. Arrêtés au pied du lit, les deux hommes parlent entre eux à voix basse. Puis le civil au chapeau de feutre s'approche du chevet et touche le corps aux alentours de l'épaule. Aussitôt le buste enveloppé de couvertures se dresse, d'un seul coup, et une face livide apparaît, avec des yeux enfoncés dans le cerne des orbites, et des joues creuses, noircies par une barbe de plusieurs jours. Tiré en sursaut de son sommeil, l'homme met quelque temps à se reconnaître, tandis que les deux autres demeurent immobiles autour de lui. Il passe une main devant ses yeux, sur son front, dans ses courts cheveux grisâtres. Puis il commence à basculer en arrière et retombe, d'un coup, sur sa paillasse.

Le civil doit être une sorte de docteur, ou d'infirmier, car il saisit alors avec précaution le poignet de l'homme, et le conserve entre ses doigts un certain temps, comme on le fait pour mesurer le pouls, mais sans consulter de montre, toutefois. Il repose ensuite le bras inerte le long du corps étendu. Il échange encore quelques paroles avec celui qui l'accompagne ; après quoi, ils traversent tous les deux la salle dans sa largeur, en oblique, pour atteindre le malade dont une main, très rouge, sort des couvertures et pend au bord du matelas. Penché en avant pour ne pas avoir à déplacer le bras du dormeur, l'infirmier prend cette main, comme la précédente, sans déclencher ici la moindre réaction. L'examen dure un peu plus longtemps, cette fois, et les deux hommes ont ensuite une conversation plus longue, à voix basse. Enfin ils s'écartent du lit, sans avoir réveillé le patient.

L'infirmier promène maintenant son regard sur le reste de la salle ; il s'arrête au nouveau venu, qui, contrairement à ses camarades, est à moitié soulevé sur sa couche. Le caporal aux galons décousus fait un signe du menton pour le désigner, et dit quelque chose comme : « Arrivé cette nuit. » Ils s'approchent. Le caporal demeure au pied du lit, l'autre vient jusqu'au chevet ; le soldat tend son poignet, machinalement, que l'infirmier saisit d'un geste sûr, sans rien demander. Au bout de quelques secondes, il déclare, d'une voix un peu sourde, comme s'il se parlait à lui-même :

« Vous avez de la fièvre.

— Ça n'est pas grand-chose », dit le soldat ; mais sa propre voix le surprend, faible et mal timbrée.

« Beaucoup de fièvre », répète l'autre en lâchant sa main.

La main retombe, inerte, sur la paillasse. Le

caporal a tiré de sa poche un carnet à couverture noire, il y porte avec un crayon très court des indications que le soldat croit sans peine comprendre : le jour et l'heure de son arrivée, le numéro matricule relevé à l'instant sur le col de la capote, ce numéro douze mille trois cent quarante-cinq qui n'a jamais été le sien.

« Ça fait longtemps ? demande l'infirmier en chapeau de feutre.

— Longtemps que je suis là ?

— Non : que vous avez la fièvre.

— Je ne sais pas », dit le soldat.

L'homme rejoint son collègue et ils se tournent du côté des fenêtres pour une brève discussion, que le soldat ne peut entendre, ni deviner sur leurs lèvres puisqu'il ne voit pas les visages. Mais l'infirmier revient vers lui ; il se penche et palpe, à travers les multiples épaisseurs de vêtements, les côtés de la poitrine, des deux mains à la fois :

« Ça vous fait mal, quand j'appuie ?

— Non... pas plus.

— Vous avez dormi comme ça ?

— Comment : comme ça ?

— Avec une capote mouillée. »

Le soldat tâte à son tour l'étoffe raide, rugueuse, encore un peu humide. Il dit :

« Ça doit être la neige... »

Sa phrase est si peu distincte qu'elle se désagrège avant d'être achevée ; il doute même ensuite de l'avoir prononcée vraiment.

L'infirmier s'adresse cette fois à son collègue :

« Il ferait mieux de se changer.

— Je vais voir si j'ai quelque chose », dit l'autre. Et il gagne aussitôt la porte, de son pas silencieux.

Resté seul, l'infirmier boutonne sa canadienne en toile, d'une teinte terreuse, pâlie et tachée sur le devant, trois boutons de cuir tressé qu'il fait passer l'un après l'autre dans leurs brides ; ils sont très abîmés tous les trois, celui du bas est entaillé d'une large écorchure au milieu de l'arrondi : un lambeau de cuir soulevé, d'un demi-centimètre. L'infirmier a mis ses deux mains dans les poches latérales, déformées. Il contemple un moment le soldat, et demande :

« Vous n'avez pas froid ?

— Non... Oui... Un peu.

— On peut fermer, maintenant », dit l'homme. Et, sans attendre l'avis de son interlocuteur, il se dirige vers l'extrémité gauche de la chambrée, pour clore la dernière fenêtre. À partir de là, il longe le mur vers la droite, se glissant entre celui-ci et les grilles de fer qui forment la tête des lits, et il poursuit l'opération de proche en proche, repoussant les battants et manœuvrant les crémones, qu'il est obligé de forcer en s'y reprenant à plusieurs fois. Au fur et à mesure de sa progression, le jour diminue dans la grande salle, l'ombre gagnant depuis la gauche et s'épaississant de plus en plus.

Il y a cinq fenêtres. Elles sont à deux battants, comprenant chacun trois vitres carrées. Mais ces vitres ne sont visibles que lorsque le battant est grand ouvert, car l'intérieur est revêtu d'un papier sombre, à peine translucide, collé exactement sur toute la surface du verre. Quand l'homme a terminé, la pièce entière est plongée dans une demi-obscurité, les cinq ouvertures rectangulaires sont remplacées par cinq séries de six carrés mauvâtres, vaguement lumineux, qui laissent diffuser une lueur comparable à celle des ampoules bleues de la nuit, et d'autant plus insuffisante qu'elle succède sans transition à l'éclat du jour. L'homme en canadienne et chapeau de feutre n'est plus, à l'extrémité droite de la salle, qu'une silhouette noire, immobile contre le mur plus clair, près de la porte de sortie.

Le soldat pense que le visiteur va quitter la pièce, mais il revient au contraire vers son lit :

« Voilà, dit-il, vous aurez moins froid. » Et, après un silence : « On va vous apporter d'autres vêtements. Mais vous resterez couché. »

Il se tait de nouveau ; puis il reprend : « Tout à l'heure le docteur viendra, cette après-midi peut-être, ou à la fin de la matinée, ou ce soir… » Il parle si bas, par instant, que le soldat comprend avec peine.

« En attendant, dit-il encore, vous prendrez les cachets qu'on va vous donner... Il ne faudra pas... » La fin de son discours se perd. Il a tiré de sa poche une paire de gros gants fourrés, qu'il enfile avec lenteur, et qu'il continue d'ajuster tout en s'éloignant. Au bout de quelques mètres, il ne reste de lui qu'une ombre indistincte ; et, avant même d'avoir atteint la porte, il a disparu tout à fait. On entend seulement ses lourdes bottes, qui poursuivent leur chemin, à pas lents.

Il ne fait plus assez clair, à présent, pour discerner les attitudes des dormeurs. Le soldat pense qu'il aura plus de facilité, ainsi, pour quitter la chambrée sans être vu. Il ira boire, en passant, dans les lavabos qui sont au bout du couloir.

Il tente un nouvel effort pour se redresser, et cette fois il se met sur son séant, mais il s'appuie toujours à la barre de métal, derrière lui. Afin de rendre la position plus commode, il soulève le traversin, dans son dos, et le place au-dessus de la boîte. Il se penche ensuite sur le côté droit, en étendant la main vers le sol à la recherche de ses chaussures. À ce moment il aperçoit une silhouette noire, devant lui, dont la tête et le haut du corps se découpent sur les carreaux lumineux de papier mauve. Il reconnaît son hôte de la veille, le caporal sans galons, avec son calot pointu. La main droite revient à sa place sur le matelas.

L'homme dépose au pied du lit, sur la traverse de fer, quelque chose qui ressemble à un manteau épais, ou à une capote. Puis il s'avance, entre les deux lits, jusqu'au soldat, auquel il tend un verre, aux trois quarts plein d'un liquide incolore.

« Buvez, dit-il, c'est de l'eau. Il y a des cachets dans le fond. Après, vous aurez du café, en même temps que les autres. »

Le soldat saisit le verre, et boit avec avidité. Mais les cachets à moitié fondus qu'il avale avec la dernière gorgée passent mal, et il ne lui reste plus d'eau pour les aider à descendre. Il garde dans la gorge une sorte de dépôt granuleux, âcre, qui lui donne l'impression d'avoir les muqueuses à vif. Il sent encore plus sa soif qu'auparavant.

L'homme a repris le verre vide. Il observe les traînées blanchâtres qui sont demeurées contre les parois. Enfin il s'en va et, désignant le pied du lit :

« Je vous ai apporté une autre capote, dit-il. Vous la mettrez avant de vous recoucher. »

Un intervalle de temps indéterminable après que l'ombre silencieuse se soit évanouie, le soldat se décide à se lever. Il fait pivoter ses jambes, avec précaution, et il s'assoit sur le bord du lit, les genoux pliés, les pieds posés par terre. Tout le corps se tassant peu à peu sur lui-même, il marque alors une longue pause, à ce qu'il lui semble, du moins.

Avant de reprendre le cours de sa manœuvre, il achève de se débarrasser des couvertures, qu'il rejette de côté, sur la paillasse. Puis, se courbant davantage, il laisse pendre les deux mains jusqu'au sol ; il cherche à tâtons ses chaussures ; les ayant rencontrées sous ses doigts, il les enfile l'une après l'autre et se met à les lacer. Pour enrouler ses molletières il retrouve des gestes machinaux.

Mais il éprouve une difficulté considérable à se mettre debout, comme si le poids et l'encombrement de son corps étaient devenus ceux d'un scaphandre. Ensuite il commence à marcher sans trop de mal. S'efforçant d'éviter les bruits flagrants de semelles à clous sur le plancher, il sort de la rangée des lits, et, sans hésiter plus de quelques secondes, tourne à droite vers la porte. Il se ravise aussitôt et revient en arrière pour inspecter la capote laissée par le caporal. C'est la même que la sienne, à peu de chose près. Elle est peut-être moins usée seulement. Sur le revers du col, la marque distinctive du régiment — losange de feutre portant le numéro matricule — a été décousue, des deux côtés.

Le soldat repose le vêtement sur le bout du lit, et il le contemple dans la pénombre, sans penser à rien, se soutenant d'une main à la barre de fer horizontale. À l'autre extrémité du lit, il voit la boîte restée sous le traversin. Il retourne jusqu'au chevet, fait rouler le traversin, prend la boîte, la place sous son bras gauche. Il sent, au toucher, l'humidité du tissu de laine. Il met les deux mains dans ses poches. La doublure en est moite et froide.

De nouveau arrêté en face de la capote sèche, au même endroit que précédemment, il attend encore un instant avant de partir. S'il échange celle-ci contre la sienne, il n'aura pas à découdre les losanges de feutre rouge sur son col. Il ôte les mains de ses poches, pose la boîte sur le lit, défait lentement les boutons de la capote. Mais il n'arrive pas tout de suite à enlever les manches, tant les articulations des épaules sont engourdies. Lorsqu'il en est venu à bout, il s'accorde un peu de repos, avant de continuer l'opération. Les deux capotes sont l'une à côté de l'autre sur la barre de métal. Il faut, de toute manière, en remettre une des deux. Il saisit la nouvelle et enfile les manches, assez facilement, reboutonne les quatre boutons, reprend la boîte, la replace sous son bras gauche, enfonce ses deux mains dans les poches.

Cette fois-ci, il n'a rien oublié. Il se dirige à pas précautionneux vers la porte. Tout au fond de la poche droite, sa main rencontre un objet rond et dur, lisse, froid, de la taille d'une grosse bille.

Dans le couloir, où l'électricité est allumée, il

croise le caporal, qui s'arrête pour le regarder passer, paraissant sur le point de prendre la parole, quand le soldat pénètre dans les lavabos — comportement en somme très normal ; l'autre peut croire qu'il a emporté son paquet parce que celui-ci contient des affaires de toilette.

Lorsqu'il ressort, ayant bu de l'eau froide en abondance au robinet, le caporal n'est plus là. Le soldat poursuit son chemin, par le couloir transversal, va jusqu'à l'escalier, qu'il se met à descendre, en tenant la rampe de la main droite. Bien qu'il surveille avec attention ses mouvements, la raideur de ses genoux l'oblige à progresser d'un pas à la fois lourd et mécanique, et le choc des grosses chaussures retentit sur les marches de bois, l'une après l'autre. À chaque palier, le soldat s'arrête ; mais dès qu'il recommence à descendre, le bruit des semelles à clous sur les marches reprend, régulier, pesant, solitaire, résonnant du haut en bas de la maison, comme dans une demeure abandonnée.

Au pied de l'escalier, devant la dernière marche de la dernière volée, se tient l'invalide, appuyé sur sa béquille de bois. Celle-ci est campée en avant, contre la marche ; le corps entier se penche, dans un équilibre d'apparence précaire ; la figure est levée, figée sur un sourire de bienvenue sans naturel.

« Salut, dit-il. Bien dormi ? »

Le soldat s'est immobilisé à son tour, son paquet sous un bras, l'autre main sur la rampe. Il est au bord du premier palier intermédiaire, sept ou huit marches plus haut que son interlocuteur. Il répond : « Ça va », d'une voix mal assurée.

Par la position qu'il occupe, l'invalide lui barre le passage. Il faudrait l'écarter pour franchir la dernière marche et gagner la porte qui donne sur la rue. Le soldat se demande si c'est bien là le même personnage que celui rencontré chez la femme aux yeux clairs, celui qui justement lui a signalé l'existence de cette pseudo-caserne pour malades. Si ce n'est pas le même, pourquoi l'homme lui adresse-t-il la parole d'un air de connaissance ? Si c'est le même, comment est-il venu jusqu'ici sur sa béquille, par les rues couvertes de neige glacée ? Et dans quel but ?

« Le lieutenant est là-haut ?

— Le lieutenant ?

— Eh bien oui, le lieutenant ! Il est là ? »

Le soldat hésite à répondre. Il se rapproche de la rampe, pour s'y accoter. Mais il ne veut pas trop laisser voir son extrême fatigue, et il se tient aussi raide que possible, et il parle en articulant de son mieux :

« Quel lieutenant ?

— Celui qui s'occupe de la baraque, tiens ! »

Le soldat comprend qu'il devrait plutôt faire semblant de savoir de qui il s'agit.

« Oui, dit-il, il est là-haut. »

Il se demande comment l'infirme va procéder pour gravir l'escalier avec sa béquille, dont il se sert en général avec tant d'adresse. Peut-être s'est-il arrêté en bas des marches parce qu'il lui est impossible de les monter. Il ne tente pas le moindre geste en tout cas, pour l'instant, continuant de dévisager le soldat, sans lui céder le pas ni s'avancer à sa rencontre.

« Tu as décousu ton numéro, je vois. »

Sur la face levée, le sourire s'est accentué encore, tordant la bouche et tout un côté du visage.

« Oh, tu as bien fait, reprend l'homme ; à tout hasard, c'est plus prudent. »

Pour couper court à l'entretien, le soldat se décide à faire lui-même un pas en avant. Il descend une marche, mais l'invalide n'a pas bougé d'un pouce, si bien que le second pied, resté en arrière, vient se poser près du premier au lieu d'atteindre la marche suivante.

« Où tu vas, maintenant ? » demande encore l'invalide.

Le soldat hoche la tête d'un air évasif :

« J'ai à faire.

— Et dans ta boîte, qu'est-ce que tu as ? » demande l'invalide.

140

Se remettant à descendre les marches, sans se laisser arrêter cette fois, le soldat grommelle une réponse agacée : « Rien d'intéressant. » Arrivé en face de l'homme, il se rabat vivement contre la rampe. D'un mouvement preste, l'infirme déplace sa béquille et s'écarte lui-même vers le mur. Le soldat passe devant lui et poursuit son chemin le long du couloir. Il n'a pas besoin de se retourner pour savoir que l'invalide le suit des yeux, penché en avant sur sa béquille.

La porte extérieure n'est pas fermée à clef. Tandis qu'il en manœuvre la poignée, le soldat entend la voix goguenarde, vaguement menaçante, dans son dos : « Tu as l'air pressé, ce matin. » Il sort et referme la porte. Sur la plaque de métal gravé, fixée dans l'embrasure, il lit : « Direction des Entrepôts Militaires des Régions Nord et Nord-Ouest ».

Le froid de la rue est si vif qu'il en est saisi. Il a l'impression cependant que cela lui fait du bien. Mais il aurait besoin de s'asseoir. Il doit se contenter de s'appuyer le dos contre le mur de pierre, en posant les pieds sur la bande de neige fraîche qui subsiste entre la ligne des maisons et le sentier jaunâtre tassé par les passants. Dans la poche de sa capote, sa main droite retrouve la grosse bille dure et lisse.

C'est une bille de verre ordinaire, d'environ deux centimètres de diamètre. Toute sa surface est parfaitement régulière et polie. L'intérieur est tout à fait incolore, d'une transparence absolue, à l'exception d'un noyau central, opaque, de la grosseur d'un petit pois. Ce noyau est noir et rond ; de quelque côté qu'on regarde la bille, il apparaît comme un disque noir de deux à trois millimètres de rayon. Tout autour, la masse de verre limpide ne laisse apercevoir que des fragments méconnaissables du dessin rouge et blanc dont elle occupe une fraction circulaire. Au-delà de ce cercle s'étend de toutes parts le quadrillage à damier de la toile cirée qui couvre la table. Mais, à la surface de la bille, se reflète en outre, pâli, déformé, considérablement réduit, le décor de la salle de café.

L'enfant fait rouler la bille sur la toile cirée à carreaux blancs et rouges, avec douceur, sans lui donner d'impulsions trop vives qui risqueraient de lui faire franchir, dans son élan, les limites du champ rectangulaire. Elle traverse celui-ci en diagonale, longe le grand côté, revient à son point de départ. Puis l'enfant la prend dans sa main, l'observe longuement, en la faisant tourner dans tous les sens. Ensuite il dévisage le soldat de ses grands yeux sérieux :

« Qu'est-ce qu'il y a, dedans ? » dit-il de sa voix trop grave, qui n'est pas celle d'un gamin.

« Je ne sais pas. Du verre, aussi, probablement.

— C'est noir.

— Oui. C'est du verre noir. »

L'enfant considère à nouveau la bille et demande encore :

« Pourquoi ? » Et, comme le soldat ne répond pas, il répète : « Pourquoi c'est là-dedans ?

— Je ne sais pas », dit le soldat. Puis, après quelques secondes : « Pour faire joli, sans doute.

— Mais c'est pas joli », dit l'enfant.

Il a perdu presque toute sa méfiance, à présent. Et bien qu'il conserve sa voix sérieuse, au timbre presque adulte, il parle avec une simplicité très jeune, parfois même avec un naïf abandon. Il a toujours sa pèlerine noire sur les épaules, mais il a enlevé son béret, laissant voir ses cheveux blonds très courts, avec une raie sur le côté droit.

Ce gamin-ci est celui du café, semble-t-il, qui n'est pas le même que l'autre, qui a conduit le soldat (ou qui le conduira, par la suite) jusqu'à la caserne — d'où, justement, il a rapporté la bille. C'est ce gamin-ci, en tout cas, qui a introduit le soldat dans le café tenu par le gros homme massif et taciturne, où il a bu un verre de vin rouge et mangé deux tranches de pain rassis. Il s'est senti moins faible après ce déjeuner. Aussi, pour remercier l'enfant, lui a-t-il fait cadeau de la bille de verre trouvée dans la poche de sa capote.

« C'est vrai que tu me la donnes ?

— Oui, je t'ai dit.

— D'où elle vient ?

— De ma poche.

— Et avant ?

— Avant ? Avant, je ne sais pas », dit le soldat.

L'enfant lui jette un regard curieux, un peu incrédule probablement. Il retrouve aussitôt une partie de sa réserve, et c'est d'un ton beaucoup plus froid qu'il constate, les yeux fixés sur le col de la capote :

« Tu as décousu ton numéro. »

Le soldat essaie de prendre la chose en souriant :

« Ça ne sert plus à rien, maintenant, tu sais. »

L'enfant, lui, ne sourit pas. Il n'a pas l'air de juger l'explication suffisante.

« Mais moi je le connais, dit-il. C'était douze mille trois cent quarante-cinq. »

Le soldat ne répond rien. Le gamin reprend :

« C'est parce qu'ils vont arriver aujourd'hui, que tu l'as enlevé ?

— Comment sais-tu qu'ils vont arriver aujourd'hui ?

— Ma mère... », commence le garçon ; mais il ne

va pas plus loin. Pour dire quelque chose, le soldat demande :

« Et elle te laisse traîner par les rues ?

— Je traîne pas. Il y avait une course à faire.

— C'est elle qui t'a envoyé ? »

L'enfant hésite. Il regarde le soldat, comme s'il cherchait à deviner ce qui va suivre, où l'on veut l'entraîner, quelle sorte de piège on lui tend.

« Non, dit-il à la fin, c'est pas elle.

— C'est ton père, alors ? » interroge le soldat.

Cette fois-ci, le gamin ne se décide pas à répondre. Le soldat, lui-même, parle plus lentement depuis les dernières répliques. L'excitation légère que lui avait procurée le vin est déjà tombée. Et c'est la fatigue qui reprend peu à peu le dessus. Sans doute a-t-il encore de la fièvre ; l'effet des cachets n'a pas duré longtemps. Il poursuit, néanmoins, à voix plus sourde :

« Je l'ai rencontré ce matin, je crois, en sortant de la caserne. Il en fait du chemin, avec sa mauvaise jambe. Oui, je crois que c'était lui. Il n'était donc pas à la maison...

— C'est pas mon père », dit l'enfant.

Et il détourne la tête, vers la porte vitrée.

Les deux ouvriers, à la table voisine, ont interrompu leur conversation, peut-être depuis quelque temps. Celui qui tournait le dos a pivoté sur sa chaise, sans lâcher son verre ni le soulever de la table, et il est demeuré ainsi, le corps à demi tordu pour regarder en arrière, vers le soldat, ou vers l'enfant. Celui-ci s'est éloigné. Du moins est-il situé maintenant assez loin du soldat, sur la gauche, près du mur où sont placardées les affiches blanches annonçant l'évacuation de la ville par les troupes. Un complet silence s'est établi dans la salle.

Le soldat a conservé sa position : les deux coudes sur la toile cirée, les deux avant-bras allongés à plat devant lui, les deux mains tachées de cambouis ramenées l'une vers l'autre, séparées par une distance de vingt centimètres environ, celle de droite tenant encore le verre vide.

Le patron, haute silhouette à la stature massive, est rentré en scène derrière son bar, à l'extrême droite. Il est immobile également, un peu courbé, penché en avant, les deux bras écartés, les deux mains accrochées au rebord du comptoir. Il regarde aussi le soldat, ou l'enfant.

L'enfant a remis son béret sur sa tête ; il en a tiré les deux côtés, très bas, pour couvrir le mieux possible les oreilles, et il a refermé la pèlerine autour de son corps, en la tenant à deux mains de l'intérieur. À l'autre bout de la salle de café, le patron n'a pas bougé non plus. En servant le soldat, tout à l'heure, il lui a dit que, lorsqu'il l'avait

146

vu derrière la vitre, puis franchissant le seuil, il l'avait pris, dans cette ville où aucun militaire ne circulait plus désormais et où l'on s'attendait d'une heure à l'autre à voir surgir les nouveaux arrivants, il l'avait pris pour un de ceux-là. Mais c'était seulement l'effet de la surprise, et, le soldat une fois entré, le patron avait aussitôt reconnu l'uniforme familier, avec la longue capote et les molletières.

Le gamin avait alors refermé la porte, derrière ce consommateur imprévu. Le patron installé à son poste, le client au costume bourgeois debout près du comptoir, les deux ouvriers assis à leur table, tous le suivaient des yeux sans rien dire. C'est le gamin qui avait rompu le silence, de sa voix grave, si peu enfantine que le soldat s'était imaginé entendre un des quatre hommes qui le regardaient venir. Le gamin se trouvait encore près de la porte, à cet instant, derrière son dos. Mais les autres en face de lui demeuraient figés, la bouche fermée, les lèvres immobiles ; et la phrase, sans personne pour l'avoir prononcée, semblait être une légende au bas d'un dessin.

Ensuite le soldat, son verre de vin terminé, ne s'est pas attardé davantage dans ce café silencieux. Il a repris son paquet sous sa chaise et il a quitté la salle, accompagné jusqu'au seuil par les regards du patron et des deux ouvriers. Il a remis sous son bras gauche, après avoir rajusté sommairement la ficelle blanche distendue, le paquet enveloppé de papier brun.

Dehors, le froid l'a surpris de nouveau. Cette capote-ci ne doit pas être aussi épaisse que l'autre, à moins que la température n'ait beaucoup baissé dans la nuit. La neige, durcie par les pas répétés, crisse sous les clous des semelles. Le soldat se hâte, pour se réchauffer ; entraîné par la régularité de ce bruit qu'il produit lui-même en marchant, il s'avance les yeux baissés, comme au hasard, le long des rues désertes. Lorsqu'il a voulu reprendre sa route, c'est poussé par l'idée qu'il restait encore quelque chose à tenter pour remettre la boîte à celui qui devait la recevoir. Mais quand il s'est retrouvé sur le trottoir, ayant refermé la porte du café, il n'a plus su de quel côté diriger ses pas : il a essayé simplement de s'orienter vers le lieu du premier rendez-vous manqué, sans d'ailleurs perdre du temps à réfléchir sur la voie la meilleure, puisque l'homme ne l'attendait plus à cet endroit-là, maintenant, de toute façon. Le seul espoir du soldat est que l'homme habite dans les parages, et de le rencontrer sur son chemin. Au premier croisement, il a retrouvé l'invalide.

En s'approchant du carrefour où le personnage s'est posté, juste à l'angle de la dernière maison, il s'aperçoit que ce n'est pas l'invalide, mais l'homme au costume bourgeois qui buvait tout à l'heure au comptoir ; il ne s'appuie pas sur une béquille, mais sur un parapluie-canne, qu'il tient devant soi, pointé dans la neige dure, le corps légèrement penché en avant. Il porte des petites guêtres sur ses chaussures vernies, un pantalon très étroit et un manteau court, probablement doublé de fourrure. Il n'a pas de chapeau sur son crâne au front dégarni. Un peu avant que le soldat n'arrive à sa hauteur, l'homme s'incline en un rapide salut, sa canne demeurant campée obliquement devant lui. L'étoffe du parapluie, roulée sur elle-même, est protégée par un fourreau de soie noire.

Le soldat répond par un signe de tête et veut continuer sa route, mais l'autre fait un geste de sa main libre et le soldat croit comprendre que l'homme s'apprête à lui adresser la parole. Il se tourne vers lui et s'immobilise, en levant les sourcils de l'air de quelqu'un qui attend ce qu'on va lui dire. L'homme, alors, comme s'il n'avait rien prévu de tel, baisse les yeux vers le bout de sa canne, planté de travers dans la neige dure et jaunie. Il garde cependant son bras gauche à demi levé, le coude plié, la main ouverte, le pouce dirigé vers le haut. À l'annulaire, il porte une grosse chevalière à pierre grise.

« Sale temps, n'est-ce pas ? » dit-il à la fin. Et il tourne la tête vers le soldat. Celui-ci se voit ainsi confirmé dans son attente : il a le sentiment, de nouveau très net, que cette petite phrase ne fait que préluder à des déclarations plus personnelles. Il se contente donc d'y répondre par un acquiescement indistinct, une sorte de grognement. Il se prépare toujours à écouter la suite.

Un laps de temps notable s'écoule encore, néanmoins, avant que l'homme à la canne-parapluie et au manteau fourré se décide à demander : « Vous cherchez quelque chose ? » Est-ce là le signal ?

« J'avais rendez-vous... » commence le soldat.

Comme la suite est trop longue à venir, l'autre termine lui-même la phrase :

« Avec une personne que vous avez manquée ?

— Oui, dit le soldat. C'était hier... Avant-hier, plutôt... Ça devait être à midi...

— Et vous êtes arrivé trop tard ?

— Oui... Non : j'avais d'abord dû me tromper d'endroit. Un croisement de rues...

— C'était à un carrefour, comme ici ? Sous un lampadaire ? »

Un lampadaire noir, entouré à sa base d'une guirlande de lierre stylisée, dont la neige souligne le dessin... Aussitôt le soldat confirme par des explications plus détaillées ; mais, à peine lancé, un doute le prend, si bien qu'il préfère se limiter, par prudence, à une succession de phrases décousues, c'est-à-dire sans lien apparent, pour la plupart inachevées, et de toute façon très obscures

150

pour son interlocuteur, où lui-même d'ailleurs s'embrouille davantage à chaque mot. L'autre ne bronche pas, prêtant l'oreille d'un air d'intérêt poli, les yeux légèrement plissés, la tête inclinée sur le côté gauche, ne manifestant pas plus de compréhension que d'étonnement.

Le soldat, lui, ne sait plus comment s'arrêter. Il a tiré sa main droite de sa poche et l'avance en crispant les doigts, comme celui qui craindrait de laisser échapper quelque détail dont il se croit sur le point de fixer le souvenir, ou comme celui qui veut obtenir un encouragement, ou qui ne parvient pas à convaincre. Et il continue de parler, s'égarant dans une surabondance de précisions d'une confusion sans cesse croissante, s'en rendant compte tout à fait, s'arrêtant presque à chaque pas pour repartir dans une direction différente, persuadé maintenant, mais trop tard, de s'être fourvoyé dès le début et n'apercevant pas le moyen de se tirer d'affaire sans faire naître des soupçons plus graves encore chez cet anonyme promeneur qui prétendait seulement parler de la température, ou d'un sujet anodin du même genre, ou qui même ne lui demandait rien du tout — et qui du reste persiste à se taire.

Tout en se débattant dans ses propres fils, le soldat essaie de reconstituer ce qui vient de se produire : l'impression a dû lui traverser l'esprit (mais cela lui paraît à présent incroyable) que l'homme après lequel il courait depuis son arrivée dans la ville était justement, peut-être, celui-là, avec son parapluie au fourreau de soie, son manteau fourré, sa grosse bague. Il a voulu faire allusion à ce qu'il espérait de lui, sans toutefois révéler sa véritable mission, permettant quand même à l'homme de la deviner s'il était bien le destinataire de la boîte enveloppée de papier brun, ou du moins celui qui devait dire ce qu'il fallait en faire.

L'homme aux petites guêtres grises et aux souliers vernis noirs, au contraire, ne donnait plus le moindre signe de connivence. La main baguée avait même fini par retomber et par aller se loger dans la poche du manteau. La main droite, celle qui tient le pommeau de la canne-parapluie, est gantée de cuir gris foncé. Le soldat a pensé, un instant, que ce personnage faisait exprès de garder le silence : qu'il était en effet le destinataire en question mais qu'il refusait de se faire connaître, qu'ayant appris ce qu'il désirait lui-même savoir il se dérobait... C'était absurde, évidemment. Ou bien l'affaire ne le concernait en aucune façon, ou bien il ne s'était pas encore aperçu de ce qu'on s'efforçait de lui dire et qui l'intéressait au premier chef. Puisqu'il n'avait pas saisi, dès les premières paroles, cette perche qu'on lui tendait, le soldat devait choisir entre deux solutions : parler plus franchement, ou faire aussitôt machine arrière. Mais il n'avait pas eu le temps d'opter pour l'une ou l'autre, et il s'était obstiné dans les deux directions à la fois, ce qui risquait par surcroît de décourager son interlocuteur s'il avait été, malgré tout, etc.

Le soldat a dû finir par se taire, car ils sont à présent de nouveau muets l'un en face de l'autre, figés dans la même position qu'au début : le soldat a les deux mains dans les poches de sa capote et il regarde, un peu de biais, le personnage au manteau fourré qui tend à demi la main gauche, dégantée, ornée à l'annulaire d'une chevalière à pierre grise, tandis que de la droite il tient à bout de bras, obliquement, sa canne-parapluie pointée en avant dans la neige dure du trottoir. Derrière lui, à trois mètres environ, se dresse un lampadaire de fonte, ancien bec de gaz aux ornements désuets, équipé maintenant d'une ampoule électrique, qui brille d'un éclat jaunâtre dans le jour terne.

L'homme a cependant retiré quelques informations des balbutiements fragmentaires et contradictoires du soldat, car, au bout d'un temps de réflexion, assez long sans doute, il demande :

« Quelqu'un devait donc vous rencontrer, non loin d'ici ? » Et il ajoute, un instant plus tard, comme pour soi : « Un homme, dans la rue, ces jours derniers. »

Puis, sans attendre d'approbation, ni poser de question complémentaire, il se met à raconter que lui-même a, selon toute vraisemblance, vu celui dont il s'agit : un homme de taille moyenne, nu-tête, vêtu d'un long manteau brun, qui se tenait au pied d'un réverbère, à quelques rues de là, presque devant la porte d'un immeuble d'angle. Il l'y avait aperçu à plusieurs reprises — deux au moins — lorsqu'il était passé dans les parages : au cours de la matinée, la veille aussi, et peut-être encore l'avant-veille. Ce personnage solitaire, tout habillé de brun foncé, qui stationnait les pieds dans la neige, depuis longtemps si l'on en jugeait par sa position — appuyé de la hanche et de l'épaule contre la colonne de fonte, comme un homme fatigué de rester debout —, oui, il se rappelait parfaitement l'avoir remarqué.

« Quel âge ? interroge le soldat.

— La trentaine environ... ou la quarantaine.

— Non, dit le soldat, ça n'était pas lui. Il devait avoir plus de cinquante ans et être vêtu de noir... Et pourquoi serait-il revenu comme ça, plusieurs jours de suite ? »

Ce dernier argument est sans grande valeur, il s'en rend compte, car lui-même est revenu justement à de nombreuses reprises — et ce matin encore — vers ce qu'il s'imaginait être le lieu, d'ailleurs variable, du rendez-vous. En outre, son

154

interlocuteur estime qu'un changement dans le costume prévu a pu être imposé par la neige qui tombait alors en abondance ; quant à l'âge, il n'en est pas certain, ayant aperçu cette silhouette à quelque distance, surtout la deuxième fois.

« Alors, dit le soldat, c'est moi, aussi bien, que vous avez vu. »

L'homme pourtant n'aurait pas confondu, assure-t-il, un uniforme de l'infanterie avec un habillement civil. Il engage avec insistance le soldat à faire ce détour jusqu'à l'endroit indiqué, pour au moins y jeter un coup d'œil : c'est tellement près que cela en vaut la peine, surtout si la chose est importante.

« Cette boîte, que vous avez sous le bras, vous me disiez que...

— Non, interrompt le soldat, ça n'a aucun rapport. »

Comme il ne lui reste guère d'autre ressource, il décide, en dépit de sa certitude concernant l'inutilité d'une telle démarche, de se rendre au carrefour en question : il faut tourner à droite au troisième croisement, puis aller jusqu'au bout du pâté de maisons, sinon jusqu'à la rue suivante. Il est parti sans se retourner, laissant derrière lui l'étranger appuyé sur sa canne. Cet arrêt trop long a fini de lui glacer le corps. Bien qu'il sente toutes ses articulations comme engourdies, par la fièvre et par la fatigue, il éprouve une espèce de soulagement à marcher de nouveau, d'autant plus qu'un but précis et point trop lointain s'offre à lui. Quand il se sera assuré de la vanité de ce dernier espoir, qui n'en est même pas un, il n'aura plus qu'à faire disparaître son encombrant paquet.

Le mieux serait évidemment de le détruire, le contenu en tout cas, puisque la boîte elle-même est en fer. Mais, s'il est aisé de brûler les papiers qu'elle renferme, ou de les déchirer en menus morceaux, il y a dedans d'autres objets plus difficiles à mettre en pièces — et dont il n'a d'ailleurs jamais vérifié la nature exacte. Il faudra bien se débarrasser de l'ensemble. Jeter le paquet, sans le défaire, constituerait de tous les points de vue la solution la plus simple. Le soldat, qui traverse une rue latérale, avise précisément une bouche d'égout, devant lui, près de l'angle arrondi du trottoir. Il s'en approche et, surmontant ses courbatures, il se baisse, de manière à contrôler que la boîte n'est pas trop haute pour passer par l'ouverture arquée, taillée dans la bordure de pierre. La couche de neige, heureusement, n'est pas assez épaisse pour gêner l'opération. La boîte passera juste. Il suffira de l'introduire horizontalement et de la faire basculer. Pourquoi, aussi bien, ne pas la jeter tout de suite ?

Au dernier moment, le soldat ne peut s'y résou-

dre. Ayant ainsi constaté, en s'y reprenant même à
deux fois, que l'affaire serait accomplie sans mal, au
moment voulu, il se redresse et se met en devoir de
continuer sa route, afin d'aller d'abord voir là-bas,
si par hasard… Mais le simple fait d'avoir à gravir
la bordure du trottoir, haute d'une vingtaine de
centimètres, le tient arrêté près d'une minute, tant
l'a exténué le dérisoire effort auquel il vient de se
livrer.

Sitôt qu'il cesse tout mouvement, le froid qui le
gagne devient insupportable. Il franchit le caniveau
et fait encore deux pas. Son épuisement est tel, tout
à coup, qu'il ne réussit pas à aller plus loin. Il s'appuie, de la hanche et de l'épaule, contre la colonne
de fonte du réverbère. N'est-ce pas ici qu'il devait
obliquer à droite ? Pour voir si l'homme à la bague
grise n'est pas demeuré sur place, penché en avant
sur sa canne, afin de lui faire signe de loin, à l'endroit où il faut tourner, le soldat jette un regard en
arrière. À vingt pas de lui, s'avançant sur ses traces,
il y a le gamin.

Le soldat, qui a détourné la tête aussitôt, s'est
remis en marche. Au bout de cinq ou six pas, il
regarde à nouveau derrière lui. Le gamin est en train
de le suivre. S'il en était capable, le soldat se mettrait
à courir. Mais il est à bout de forces. Et sans doute
cet enfant ne lui veut aucun mal. Le soldat s'arrête,
se retourne encore une fois.

Le gamin s'est arrêté à son tour, dévisageant l'homme de ses yeux sérieux grands ouverts. Il n'a plus son béret sur la tête ; il ne tient plus sa pèlerine étroitement fermée autour de lui.

C'est vers le gamin que le soldat se dirige à présent, sans presque remuer le corps, à pas très lents, comme engourdis. L'autre n'a pas un geste de recul.

« Tu as quelque chose à me dire ? » demande le soldat, d'une voix qu'il aurait voulu menaçante, et qui franchit à peine ses lèvres.

« Oui », répond le gamin.

Cependant il n'en dit pas davantage.

Le soldat regarde la marche enneigée, à deux mètres sur sa gauche, au seuil d'une porte fermée. Il sentirait moins le froid s'il se serrait dans l'encoignure. Il fait un pas. Il murmure :

« Eh bien, je vais m'asseoir un peu. »

Ayant atteint la porte, il s'adosse dans l'angle, à moitié contre le bois, à moitié contre la paroi de pierre.

L'enfant a pivoté sur lui-même pour le suivre des yeux. Il a ouvert un peu la bouche. Il regarde alternativement le visage noirci de barbe, le corps affaissé en arrière, le paquet, les grosses chaussures, légèrement écartées, au pied de la marche qui marque le seuil. Insensiblement le soldat se laisse glisser contre la porte, en fléchissant les genoux, jusqu'à ce qu'il se retrouve assis dans la neige qui s'est accumulée du côté droit de l'embrasure, sur l'étroite marche.

« Pourquoi tu voulais jeter ta boîte ? dit l'enfant.

— Mais non... Je n'allais pas la jeter.

— Qu'est-ce que tu faisais, alors ? »

Sa voix grave est maintenant sans méfiance, ses questions ne sont pas mal intentionnées.

« C'était pour voir, dit le soldat.

— Pour voir ?... Pour voir quoi ?

— Si elle passait dans l'ouverture. »

Mais l'enfant n'a pas l'air convaincu. Il saisit les bords de sa pèlerine ouverte, un dans chaque main, et balance les deux bras, en cadence, d'avant en arrière, d'arrière en avant. Le froid ne semble toujours pas le gêner. En même temps, sans approcher davantage, il poursuit avec soin son inspection : le paquet brun ramené entre la poitrine et les cuisses, le col de la capote aux insignes décousus, les jambes repliées dont les genoux pointent sous les pans d'étoffe kaki.

« Ton manteau, dit-il à la fin, c'est pas le même qu'hier.

— Hier... Tu m'as vu, hier ?

— Bien sûr. Tous les jours, je t'ai vu. Ton manteau était sali... On t'a enlevé les taches ?

— Non... Oui, si tu veux. »

L'enfant ne prête aucune attention à la réponse.

159

« Tes molletières, dit-il, tu sais pas les rouler.

— Bon... Tu m'apprendras. »

Le gamin hausse les épaules. Le soldat, que ce dialogue excède, craint encore plus, néanmoins, de voir son compagnon s'enfuir, l'abandonnant dans la rue déserte où la nuit ne va tarder à tomber. N'est-ce pas lui, déjà, qui l'a conduit à un café ouvert et au dortoir d'une caserne ? Le soldat se force à demander, d'une voix plus aimable :

« C'était ça que tu voulais me dire ?

— Non, répond le gamin, c'était pas ça. »

Alors ils ont entendu le bruit, très lointain, de la motocyclette.

Non. C'était autre chose. Il fait noir. De nouveau c'est l'attaque, le bruit sec et saccadé des armes automatiques, plus ou moins proche derrière le petit bois, et de l'autre côté aussi par moment, sur un fond de grondement plus assourdi. La terre du sentier est maintenant aussi molle qu'après un labour. Le blessé se fait de plus en plus pesant, n'arrive pas à soulever ses chaussures, ne peut presque plus marcher. Il faut le soutenir et le tirer en même temps. Ils ont, tous les deux, abandonné leur sac. Le blessé a laissé aussi son fusil. Mais, lui, a conservé le sien, dont la bretelle vient de céder et qu'il est obligé de tenir à la main. Il aurait mieux fait d'en prendre un autre : ce n'est pas ça qui manquait. Il a préféré garder celui auquel il était habitué, inutile d'ailleurs, et gênant. Il le porte par le milieu, horizontalement, dans la main gauche. De la droite il tient à bras-le-corps, par la taille, le camarade blessé, dont le bras gauche s'accroche à son cou. Ils trébuchent à chaque pas, sur la terre molle coupée d'ornières et de sillons transversaux, dans l'obscurité pâlissant çà et là de lueurs fugitives.

Ensuite il marche seul. Il n'a plus ni sac, ni fusil, ni camarade à soutenir. Il porte seulement, sous son bras gauche, la boîte enveloppée de papier brun. Il s'avance, dans la nuit, sur la neige fraîche qui couvre uniformément le sol, et ses pas s'impriment l'un après l'autre dans la couche mince, en faisant un bruit régulier de métronome. Parvenu au carrefour, sous le bec de gaz à la lumière jaune, il s'approche du caniveau et se penche, un pied sur la chaussée, l'autre sur le bord du trottoir. Une bouche d'égout ouvre son arc de pierre entre ses jambes raides, écartées ; il incline le buste davantage et tend la boîte vers l'ouverture noire, où elle disparaît aussitôt, happée par le vide.

L'image suivante représente la chambrée d'une caserne, ou plus exactement d'une infirmerie militaire. La boîte rectangulaire, qui a la forme et les dimensions d'une boîte à chaussures, est posée sur la planche à paquetage, voisinant avec un gobelet d'aluminium, une gamelle individuelle, des vêtements kaki pliés en bonne ordonnance, et divers autres menus objets. Au-dessous, dans le lit métallique laqué de blanc, un homme repose sur le dos. Ses yeux sont fermés ; les paupières sont grises ainsi que le front et les tempes, mais les deux pommettes sont marquées de rose vif ; sur les joues creuses, autour de la bouche entrouverte et sur le menton, la barbe, très noire, est longue d'au moins quatre ou cinq jours. Le drap, remonté jusqu'au cou, se soulève périodiquement sous l'effet de la respiration, un peu sifflante, du blessé. Une main rougeâtre dépasse hors des couvertures brunes, sur le côté, et pend au bord du matelas.

À droite comme à gauche, d'autres corps sont couchés sur d'autres lits, identiques, alignés contre un mur nu, le long duquel est fixée, un mètre au-dessus des têtes, la planche surchargée de sacs à dos, de valises en bois, de vêtements pliés, kaki ou verdâtres, et de vaisselle en aluminium. Un peu plus loin, il y a parmi des ustensiles de toilette un gros réveil rond, sans doute arrêté, qui marque quatre heures moins le quart.

Dans la pièce voisine, une foule considérable est rassemblée : des hommes, debout, pour la plupart en costumes civils, qui parlent par petits groupes en faisant beaucoup de gestes. Le soldat essaie de s'y frayer un chemin, sans y parvenir. Soudain, un personnage dont il n'apercevait que le dos, lui barrant le passage, se retourne vers lui et s'immobilise en le dévisageant de ses yeux légèrement plissés, comme par un effort d'attention. De proche en proche, les voisins se retournent pour le regarder, figés tout à coup, silencieux, plissant un peu les paupières. Il se trouve bientôt au centre d'un cercle, qui s'agrandit progressivement à mesure que les silhouettes reculent, seules leurs faces blêmes demeurant encore visibles, espacées de plus en plus, à intervalles égaux, comme une succession de lampadaires le long d'une rue rectiligne. La file bascule lentement, pour venir se placer en perspective fuyante. Les colonnes de fonte noire se découpent avec netteté sur la neige. Devant la plus rapprochée se tient le gamin, qui le considère de ses yeux écarquillés :

« Pourquoi tu restes comme ça, dit-il, tu es malade ? »

Le soldat fait un effort pour répondre :

« Ça va aller mieux.

— Tu as encore perdu ta caserne ?

— Non... Je vais rentrer maintenant.

— Pourquoi tu n'as pas de calot sur la tête ? Tous les soldats ont un calot... ou un casque... »

Après une pause, l'enfant poursuit, d'une voix encore plus basse : « Mon père, il a un casque.

— Où est-il, ton père ?

— Je sais pas. » Puis avec force, en articulant bien chaque mot : « C'est pas vrai qu'il a déserté. »

Le soldat relève le visage vers le garçon :

« Qui prétend ça, qu'il a déserté ? »

En guise de réponse, l'enfant exécute quelques pas d'une démarche boiteuse, la jambe raide, le bras tendu le long du corps s'appuyant sur une béquille. Il n'est plus qu'à un mètre de la porte. Il reprend :

« Mais c'est pas vrai. Il a dit aussi que tu es un espion. Tu n'es pas un vrai soldat : tu es un espion. Dans ton paquet, il y a une bombe.

— Eh bien, ça n'est pas vrai non plus », dit le soldat.

C'est alors qu'ils ont entendu le bruit, très lointain, de la motocyclette. Le gamin a, le premier, dressé l'oreille ; il a ouvert la bouche un peu plus et sa tête a pivoté, graduellement, de réverbère en réverbère, vers l'extrémité grise de la rue, incertaine déjà dans la lumière de fin du jour. Puis il a regardé le soldat, et de nouveau le bout de la rue, tandis que le bruit grandissait de plus en plus vite. C'était bien la trépidation d'un moteur à deux temps. L'enfant s'est reculé vers l'embrasure de la porte.

Mais le bruit a commencé à décroître, pour redevenir en peu de temps presque inaudible.

« Il faut rentrer », a dit l'enfant.

Il a regardé le soldat et il a répété : « Il faut rentrer à la maison. »

Il s'est approché du soldat, il a tendu la main vers lui. Le soldat, après une hésitation, a saisi la main et a réussi à se mettre debout, en s'aidant d'une épaule contre la porte.

La même trépidation de moteur a repris, dans le silence, grossissant cette fois d'une façon beaucoup plus distincte. L'homme et l'enfant se sont reculés d'un même mouvement vers la porte. Le bruit a bientôt été si proche qu'ils sont montés sur la marche du seuil et se sont plaqués contre le bois, l'un près de l'autre. Le fracas de marteau-piqueur, qui se répercutait en tous sens contre les façades, venait sans erreur possible de la rue adjacente, celle qui formait le croisement, à dix mètres de leur cachette. Ils se sont effacés davantage, dans l'encoignure. La motocyclette est apparue au ras de la paroi verticale, à l'angle de la maison. C'était un side-car, monté par deux soldats casqués ; il avançait au ralenti, au milieu de la chaussée, dans la neige intacte.

Les deux hommes se présentent de profil. Le visage du conducteur, situé en avant, est à un niveau plus élevé que celui de son compagnon, assis en contrebas sur le siège latéral. Ils ont sensiblement les mêmes traits tous les deux : réguliers, tendus, peut-être amaigris par la fatigue. Leurs yeux sont creux, leurs lèvres serrées, leur peau est grisâtre. Les capotes, par la forme et la couleur, ressemblent à celles de l'uniforme familier, mais le casque est plus volumineux, plus lourd, tombant très bas sur les oreilles et la nuque. La machine elle-même, sale, à moitié recouverte de boue séchée, semble d'un modèle assez ancien. L'homme qui la dirige est parfaitement rigide sur son siège, les deux mains, gantées, fermées sur les poignées du guidon. L'autre regarde alternativement de droite et de gauche, mais seulement devant soi, sans presque bouger la tête. Il tient sur ses genoux une mitraillette de couleur noire, dont le canon pointe hors de la carrosserie en tôle.

Ils sont passés sans se retourner, et ils ont continué tout droit, après le carrefour. Au bout d'une vingtaine de mètres, ils ont disparu derrière l'angle de l'immeuble formant le coin d'en face.

Quelques secondes plus tard, le bruit a cessé, brusquement. De toute évidence, le moteur était arrêté. Un total silence succédait au vacarme. Il ne restait plus que les deux lignes parallèles creusées dans la neige par les trois roues du véhicule, tirées au cordeau en travers du champ visuel entre les deux arêtes de pierre verticales.

Comme cela durait trop longtemps, le gamin a perdu patience et il est sorti de sa cachette. Le soldat ne s'en est pas aperçu tout de suite, car l'enfant se tenait auparavant blotti dans son dos ; le soldat l'a vu tout d'un coup au milieu du trottoir et il lui a fait signe de revenir. Mais le gamin s'est encore permis trois pas en avant, de manière à se placer contre le réverbère, censé le dissimuler.

Le silence durait toujours. Le gamin, qui s'enhardissait rapidement à mesure que le temps passait, s'est éloigné de quelques mètres en direction du carrefour. De peur d'attirer lui-même l'attention des motocyclistes invisibles, le soldat n'a pas osé l'appeler pour l'empêcher d'aller plus loin. L'enfant a poursuivi jusqu'à l'endroit d'où l'on pouvait apercevoir toute la rue transversale ; avançant la tête, il a risqué un regard du côté où le side-car était parti. Une voix d'homme, à une certaine distance, dans ce secteur, a crié un ordre bref. D'un saut, le gamin a fait volte-face et s'est mis à courir ; il est repassé devant le soldat, les pans de sa pèlerine volant derrière ses épaules. Avant de s'en être rendu compte, le soldat était déjà en train de le suivre, quand le moteur à deux temps a redémarré, emplissant d'un seul coup les alentours de ses explosions. Le soldat a commencé, lui aussi, à courir, lourdement, tandis que l'enfant tournait à l'angle de la rue suivante.

Derrière lui, le fracas est très vite devenu assourdissant. Puis un long grincement s'est fait entendre : la moto qui prenait un virage trop rapide et dérapait sur la neige. En même temps le moteur s'arrêtait derechef. La voix dure a crié « Halte », par deux fois, sans la moindre trace d'accent. Le soldat atteignait presque le coin de rue où l'enfant avait lui-même obliqué, quelques secondes plus tôt. La moto est repartie, couvrant la voix puissante qui répétait pour la troisième fois « Halte ». Et aussitôt le soldat a reconnu le crépitement sec et saccadé de la mitraillette qui se mêlait au tumulte.

Il a ressenti un choc violent sur le talon de sa chaussure droite. Il a continué. Des balles ont frappé la pierre, près de lui. Juste comme il passait le tournant, une nouvelle rafale a claqué. Une douleur aiguë lui a traversé le côté gauche. Puis tout s'est arrêté.

Il était hors d'atteinte, protégé par le mur. Le crépitement de la mitraillette avait cessé. Le moteur s'était tu, sans doute, quelques instants auparavant. Le soldat ne sentait plus son corps, il courait toujours, en longeant la paroi de pierre. La porte de l'immeuble n'était pas close, elle s'est ouverte toute seule quand le soldat l'a poussée. Il est entré. Il a refermé avec douceur ; le pêne, en fonctionnant, a produit un bruit léger.

Ensuite il s'est couché par terre dans le noir, en chien de fusil, avec la boîte au creux du ventre. Il a tâté l'arrière de sa chaussure. Elle avait une profonde entaille, oblique, sur la tige et le côté du talon. Le pied lui-même n'était pas touché. Des pas lourds et des voix bruyantes ont retenti dans la rue.

Les pas se rapprochaient. Un choc sourd a résonné contre le bois de la porte, puis les voix de nouveau, rudes, plutôt joviales, parlant une langue incompréhensible aux intonations traînantes. Un bruit de pas, solitaire, est allé en décroissant. Les deux voix, l'une toute proche, l'autre d'un peu plus loin, ont échangé trois ou quatre phrases brèves. On a frappé sur quelque chose, une autre porte probablement, et de nouveau sur celle-ci, avec le poing, à plusieurs reprises, mais comme sans conviction. La voix la plus distante a encore crié des mots étrangers, et cette voix-ci s'est mise à rire, avec force. Les deux rires se sont ensuite répondu.

Et les deux pas lourds se sont éloignés de conserve, accompagnés par les éclats de voix et les rires. Dans le silence revenu, le bruit de la moto-cyclette a repris, puis il a diminué progressive-ment, jusqu'à n'être plus perceptible.

Le soldat a voulu changer de position, une vive douleur lui a traversé le côté, douleur très violente mais non pas insupportable. Il était surtout fatigué. Et il avait envie de vomir.

Alors il a entendu la voix grave du gamin, tout près de lui, dans le noir, mais il n'a pas compris ce qu'elle disait. Il a senti qu'il perdait connaissance.


Dans la salle, une foule considérable est rassemblée : des hommes, debout, pour la plupart en costumes civils, qui parlent par petits groupes en faisant beaucoup de gestes. Le soldat essaie de s'y frayer un passage. Il parvient enfin à une zone plus dégagée où les gens, assis à des tables, boivent du vin en discutant, toujours avec force mouvements de mains et exclamations. Les tables sont très serrées et la circulation est encore difficile entre les bancs, les chaises et les dos ; mais on voit mieux où l'on va. Malheureusement toutes les places ont l'air occupées. Les tables, rondes, carrées ou rectangulaires, sont mises dans tous les sens, sans ordonnance discernable. Certaines n'ont pas plus de trois ou quatre buveurs autour d'elles ; les plus grandes, longues et munies de bancs, permettent d'en servir une quinzaine. Au-delà, il y a le comptoir, derrière lequel se penche le patron, gros homme de haute taille, rendu plus remarquable encore par la situation légèrement surélevée qu'il occupe. Entre le comptoir et les dernières tablées, un espace très étroit est obstrué en son milieu par un groupe de consommateurs debout, vêtus de façon plus aisée avec de courts manteaux de ville ou des pelisses à col de fourrure, et dont les verres, posés devant le patron à portée de leurs mains, sont en partie visibles dans les intervalles libres qui subsistent, ici et là, entre les bustes dressés et les bras aux attitudes démonstratives. L'un de ces personnages, un peu à l'écart sur la droite, au lieu de se mêler à la conversation de ses amis, s'appuie du dos contre le rebord du comptoir pour regarder vers la salle, les buveurs assis, le soldat.

Celui-ci avise enfin, non loin de lui, une petite table d'accès relativement commode qu'occupent seulement deux autres militaires : un caporal d'infanterie et un brigadier. Immobiles et silencieux l'un comme l'autre, ils ont un maintien qui contraste, par sa réserve, avec ceux que l'on voit alentour. Il y a, entre eux, une chaise libre.

Ayant réussi à l'atteindre, sans trop de mal, le soldat pose une main sur le dossier et demande s'il peut s'asseoir. C'est le caporal qui lui répond : ils étaient avec un camarade, mais ce dernier, parti pour une minute, ne semble pas revenir ; sans doute a-t-il rencontré ailleurs quelqu'un de connaissance ; il n'y a qu'à prendre sa place en attendant. C'est ce que fait le soldat, content de trouver un siège où se reposer.

Les deux autres ne disent rien. Ils ne sont pas en train de boire ; ils n'ont même pas de verre devant eux. Le brouhaha de la salle tout autour ne paraît pas arriver jusqu'à leurs oreilles ni l'agitation jusqu'à leurs yeux, qu'ils gardent dans le vague, comme s'ils dormaient sans baisser les paupières. Sinon, ce n'est en tout cas pas le même spectacle qu'ils contemplent ainsi l'un et l'autre avec tant de persévérance, car celui de droite est tourné vers le mur de gauche, tout à fait nu à cet endroit puisque les affiches blanches sont placardées plus en avant, et le second du côté opposé, en direction du comptoir.

À mi-chemin du comptoir, au-dessus duquel le patron penche son torse massif entre ses bras écartés, une jeune servante évolue, avec son plateau chargé, entre les tables. Du moins cherche-t-elle, du regard, le point où elle va se rendre : arrêtée, pour le moment, elle pivote sur elle-même afin d'observer dans tous les sens ; cependant elle ne bouge ni les pieds ni les jambes, et à peine le bas du corps sous la large jupe froncée, mais seulement la tête, aux cheveux noirs en lourd chignon, et un peu aussi le buste ; encore les deux bras tendus, qui maintiennent à hauteur du visage le plateau, laissent-ils celui-ci presque à la même place tandis qu'elle se tourne de l'autre côté, demeurant, ainsi contorsionnée, un temps assez long.

D'après l'orientation de ses yeux, le soldat pense qu'elle a remarqué sa présence et qu'elle va donc s'approcher de ce nouvel arrivant pour prendre sa commande, ou même qu'elle va le servir aussitôt, car elle porte sur son plateau une bouteille de vin rouge, qu'elle incline d'ailleurs dangereusement, au risque de la faire choir de son support dont elle néglige de surveiller la position horizontale. Mais en dessous, dans la trajectoire d'une chute imminente, la tête chauve d'un vieil ouvrier ne se doute apparemment de rien, continuant d'apostropher le voisin assis à sa gauche, ou de l'exhorter, ou de le prendre à témoin vivement, tout en brandissant de la main droite son verre encore plein, dont le contenu menace de se répandre.

Le soldat pense alors qu'il n'y a pas un seul verre sur sa propre table. Or le plateau n'apporte que cette unique bouteille, et rien qui permette de satisfaire un nouveau client. La serveuse, du reste, n'a pas découvert de sujet d'intérêt dans ce secteur et son regard achève de balayer circulairement la salle, ayant dépassé le soldat et ses deux compagnons, passant maintenant par-dessus les autres tables en longeant le mur où sont collées par quatre punaises les petites affiches blanches, puis la vitre de la devanture avec son brise-bise à fronces qui la masque jusqu'à niveau de visage et ses trois boules d'émail en bas-relief sur la face extérieure, puis la porte, également voilée en partie et ornée du mot « café » écrit à l'envers, puis le comptoir, avec par-devant les cinq ou six hommes aux costumes bourgeois et à l'extrême droite le dernier d'entre eux, qui regarde toujours vers la table du soldat.

Celui-ci ramène les yeux dans l'axe de sa chaise. Le brigadier tient à présent les siens fixés sur le col de la capote, à l'endroit où sont cousus les deux losanges de feutre vert portant le numéro matricule.

« Alors, dit-il, vous étiez à Reichenfels ? » Et, en même temps, son menton pointe vers l'avant dans un mouvement rapide, à peine ébauché.

Le soldat acquiesce : « Oui, j'étais dans le coin.

— Vous y étiez », précise le brigadier, en répétant son geste, à titre de preuve, pour désigner la marque distinctive du régiment.

« L'autre aussi, dit le caporal d'infanterie, celui qui était assis là tout à l'heure…

— Mais lui s'est battu », coupe le brigadier. Puis, comme il n'obtient pas de réponse : « Il paraît qu'il y en a qui n'ont pas tenu le coup. »

Il se tourne vers le caporal, qui fait un vague geste d'ignorance, ou d'apaisement.

« Personne n'a tenu le coup », dit le soldat.

Mais le brigadier proteste : « Si, il y en a ! Demandez donc au petit qui était ici à votre place.

— Bon, si vous voulez, admet le soldat. Ça dépend de ce que vous entendez par « tenir le coup ».

— J'entends ce que ça veut dire : il y en a qui se sont battus, d'autres pas.

— Ils ont tous fini par décrocher quand même.

— Sur ordre ! Faut pas confondre.

— Tout le monde a décroché sur ordre », dit le soldat.

Le brigadier hausse les épaules. Il regarde le caporal d'infanterie, comme s'il en espérait un soutien. Ensuite il se tourne vers la grande vitre qui donne sur la rue. Il murmure :

« Des officiers pourris ! »

Et, de nouveau, après quelques secondes : « Des officiers pourris, voilà ce que c'était.

— Ça, c'est bien vrai », approuve le caporal.

Le soldat essaie de voir, sur sa droite, ou plus en arrière, si la jeune servante ne se décide pas à venir près d'eux. Mais il a beau se soulever à demi de sa chaise, pour dominer les têtes des buveurs qui l'entourent, il ne l'aperçoit plus nulle part.

« Vous tracassez pas, dit le caporal ; quand il reviendra, vous le verrez bien. » Il lui fait un sourire plutôt aimable et ajoute, croyant toujours que le soldat cherche des yeux le camarade absent : « Il doit être à côté, dans la salle de billard, il a dû retrouver un copain.

— Vous pourrez lui demander, reprend le brigadier en hochant la tête, il s'est battu, lui, vous pourrez lui demander.

— Bon, dit le soldat, mais il est ici quand même, à présent. Il a bien fallu qu'il y arrive, comme les autres.

— Sur ordre, je vous dis », et, au bout d'un moment de réflexion muette, il conclut, comme pour lui-même : « Des officiers pourris, voilà ce que c'était !

— Ça, c'est bien vrai », approuve le caporal.

Le soldat demande :

« Vous y étiez, vous, à Reichenfels ?

— Ben, non, répond le caporal, on était plus à l'ouest, tous les deux. On s'est repliés pour ne pas être pris, quand ils ont débordé les lignes, par-derrière.

— Sur ordre, hein ! Faut pas confondre, précise le brigadier.

— Et on a fait vite, dit le caporal. Il s'agissait pas de traîner : ceux du vingt-huitième, sur notre flanc gauche, qui ont trop attendu, ils se sont laissé cueillir comme des gamins.

— Maintenant, de toute façon, dit le soldat, ça va bien revenir au même. Un jour ou l'autre, on sera ramassés. »

Le brigadier lui jette un coup d'œil, mais préfère s'adresser à un interlocuteur imaginaire, assis du côté opposé :

« Ça, c'est pas prouvé, on n'a pas encore dit notre dernier mot. »

C'est au tour du soldat de hausser les épaules. Il se lève cette fois tout à fait, pour tâcher d'attirer l'attention et de se faire enfin servir à boire. Il entend, à la table voisine, une phrase, au hasard, lancée à voix plus forte au beau milieu d'une conversation : « Des espions, mais il y en a partout ! » Un silence relatif succède à cette déclaration. Vient ensuite, à l'autre bout de la même table, un plus long commentaire, où se reconnaît seulement le verbe « fusiller » ; le reste se perd dans la confusion générale. Et une autre formule s'en détache, alors que le soldat vient de reprendre place sur sa chaise : « Il y en a qui se sont battus, d'autres pas. »

Le brigadier, derechef, est en train de considérer les losanges verts sur le col de la capote. Il répète : « On n'a pas dit notre dernier mot. » Puis, penché vers le caporal, comme en confidence :

« Des agents ennemis, on m'a raconté, qui sont payés pour détruire le moral. »

L'autre ne bronche pas. Le brigadier, qui a en vain attendu une réplique, incliné en avant au-dessus de la toile cirée à petits carreaux blancs et rouges, finit par se remettre d'aplomb sur son siège. Un peu plus tard, il dit encore : « Faudrait voir », mais sans exprimer davantage sa pensée, et si bas qu'on l'entend à peine. Ils sont maintenant silencieux l'un comme l'autre, immobiles, regardant le vide, chacun droit devant soi.

Le soldat les a quittés, dans l'intention de découvrir où se cache la jeune femme aux lourds cheveux sombres. Pourtant, une fois debout au milieu de l'encombrement des tables, il s'est dit qu'il n'avait pas tellement envie de boire, tout compte fait.

Sur le point de sortir, parvenu déjà non loin du comptoir et du groupe de bourgeois, il a repensé tout à coup au soldat qui était aussi à Reichenfels et qui, lui, avait combattu si glorieusement. La seule chose importante était de le retrouver, de lui parler, de lui faire raconter son histoire. Aussitôt le soldat reprend en sens inverse sa traversée de la salle, entre les bancs, les chaises et les dos des buveurs attablés. Les deux autres là-bas sont toujours seuls, dans la position exacte où il les a laissés. Au lieu d'aller jusqu'à eux, il coupe direc-

tement vers le fond, pour atteindre une zone où
tout le monde est debout : une foule d'hommes,
se pressant et se bousculant, qui se dirigent vers
le côté gauche, mais en progressant avec beaucoup
de lenteur à cause de l'exiguïté du passage, dont
ils s'approchent cependant peu à peu, entre un
pan de mur en saillie et trois vastes portemanteaux
circulaires surchargés de vêtements, qui se dressent à l'extrémité du comptoir.

Tandis qu'il avance, lui aussi, au gré de la cou-
lée — moins vite, même, du fait qu'il y est placé
sur le bord — le soldat se demande pourquoi il lui
a soudain semblé si urgent de s'entretenir avec cet
homme, qui ne pourra que lui décrire ce qu'il
connaît déjà. Avant d'être parvenu à la pièce suivante, où doivent se trouver, parmi de nouvelles
tablées, un jeu de billard dissimulé sous une bâche
protectrice, la serveuse aux cheveux noirs et le héros
de Reichenfels, il a renoncé à son projet.

C'est sans doute à cet endroit que se place la
scène de l'assemblée muette qui s'écarte en tous
sens, autour de lui, le soldat demeurant à la fin
seul au centre d'un immense cercle de visages
blêmes... Mais cette scène ne mène à rien. Du reste,
le soldat n'est plus au milieu d'une foule, ni muette
ni bruyante ; il est sorti du café et marche dans la
rue. C'est une rue du type ordinaire : longue,
rectiligne, bordée de maisons toutes semblables,

aux façades plates, aux ouvertures uniformes. Il neige, comme d'habitude, à petits flocons lents et serrés. Les trottoirs sont blancs, ainsi que la chaussée, les appuis de fenêtres, le seuil des portes.

Quand un battant est mal fermé, la neige, que le vent a chassée au cours de la nuit dans l'embrasure, a pénétré au bas de l'étroite fente verticale, dont elle garde ensuite un moulage sur quelques centimètres de hauteur, lorsque le soldat ouvre en grand la porte. Un peu de neige s'est même accumulée à l'intérieur, formant sur le sol une longue traînée d'épaisseur décroissante, s'élargissant d'abord pour se rétrécir ensuite, qui a d'ailleurs fondu partiellement en laissant autour d'elle une bordure humide et noire sur le bois poussiéreux du plancher. D'autres traces noires jalonnent le corridor, espacées d'environ cinquante centimètres et s'estompant à mesure qu'elles progressent vers l'escalier, dont les premières marches se devinent tout au fond. Bien que la forme de ces taches d'eau soit incertaine, variable, frangée çà et là de zones intermédiaires dégradées, il y a tout lieu de croire qu'il s'agit des empreintes de pas laissées par des souliers de faible pointure.

Sur la droite du corridor comme sur la gauche donnent des portes latérales, à intervalles égaux et alternant de façon régulière, une à droite, une à gauche, une à droite, etc. L'ensemble se prolonge à perte de vue, ou presque, car les premières marches de l'escalier se distinguent encore, tout au fond, éclairées d'une lueur plus vive. Une silhouette menue, de femme ou d'enfant, rendue tout à fait minuscule par l'éloignement considérable, s'appuie d'une main à la grosse boule blanche qui termine la rampe.

Plus le soldat s'avance, plus il a l'impression de voir cette image reculer. Mais, sur le côté droit, une des portes s'est ouverte. Là, d'ailleurs, s'arrêtent les traces de pas. Déclic. Noir. Déclic. Lumière jaune éclairant un étroit vestibule. Déclic. Noir. Déclic. Le soldat se trouve de nouveau dans la pièce carrée meublée d'une commode, d'une table et d'un lit-divan. La table est recouverte d'une toile cirée à carreaux. Au-dessus de la commode, la photographie d'un militaire en tenue de campagne est fixée au mur. Au lieu d'être assis à la table, en train de boire du vin et de mâcher son pain avec lenteur, le soldat est allongé sur le lit : il a les yeux fermés, il semble dormir. Autour de lui se tiennent trois personnages, debout, immobiles, qui le regardent sans rien dire : un homme, une femme et un enfant.

À proximité immédiate du visage, au chevet du lit, la femme est légèrement courbée en avant, scrutant les traits crispés du dormeur, écoutant sa respiration difficile. En retrait, près de la table, il y a le gamin, toujours vêtu de sa pèlerine noire et son béret sur la tête. Au pied du lit, le troisième personnage n'est pas l'invalide à la béquille de bois, mais l'homme plus âgé, au crâne dégarni en haut du front, au court manteau de ville doublé de fourrure, aux souliers vernis protégés par de petites guêtres. Il a gardé ses gants de fin cuir gris ; celui de la main gauche est déformé, à l'annulaire, par le chaton de la bague. Le parapluie a dû rester dans le vestibule, appuyé obliquement contre le porte-manteau, avec son pommeau d'ivoire et son fourreau de soie.

Le soldat est couché sur le dos, tout habillé, avec ses molletières et ses grosses chaussures. Ses bras reposent le long du corps. Sa capote est déboutonnée ; au-dessous, la vareuse d'uniforme est tachée de sang, du côté gauche, près de la taille.

Non. C'est en réalité un autre blessé qui occupe la scène, à la sortie de la salle de café pleine de monde. Le soldat vient à peine d'en refermer la porte qu'il voit s'approcher de lui un jeune collègue, conscrit de l'année précédente rencontré à plusieurs reprises durant la retraite et ce matin même à l'hôpital, qui s'apprête à pénétrer à son tour dans le café. L'espace d'une seconde, le soldat s'imagine qu'il a devant lui le vaillant combattant annoncé, celui dont le brigadier vantait à l'instant la conduite. Il reconnaît aussitôt l'impossibilité d'une telle coïncidence : le jeune homme était en effet à Reichenfels au moment de l'attaque ennemie mais dans le régiment où il servait lui-même, comme l'attestent les losanges verts de son uniforme ; or cette unité ne comptait pas un seul héros, selon ce qu'avait suffisamment laissé entendre le brigadier. Alors que le soldat va croiser son camarade, en lui faisant un simple signe de tête, celui-ci s'arrête pour lui parler :

« Votre copain, dit-il, que vous êtes allé voir ce matin à la chirurgie, il va pas fort. Et il vous a réclamé plusieurs fois.

— Bon, dit le soldat, je vais y retourner.

— Faites vite alors. Il en a plus pour longtemps. »

Le jeune homme a déjà posé la main sur la poignée de cuivre, quand il se retourne pour ajouter :

« Il prétend qu'il a quelque chose à vous remettre. » Après une courte réflexion : « C'est seulement dans son délire, peut-être.

— Je vais aller voir », dit le soldat.

Il se met en route aussitôt, d'un pas vif, en prenant au plus court. Le décor qu'il traverse n'est plus celui de la grande ville symétrique et monotone, avec ses voies tracées au tire-ligne et se coupant à angles droits. Et il n'y a pas encore de neige. Le temps est même plutôt doux, pour la saison. Les maisons sont basses, d'un style dé-

modé, vaguement baroque, surchargées d'ornements en volutes, de corniches à bas-reliefs, de
colonnes aux chapiteaux ciselés encadrant les
portes, de balcons à consoles sculptées, de ferron-
neries ventrues et compliquées servant de garde-
fous. Cet ensemble est à peu près en harmonie avec
les lampadaires qui s'élèvent au coin des rues, anciens becs de gaz transformés, composés d'une
colonne en fonte élargie à la base et supportant à
trois mètres du sol un édifice en forme de lyre à
cornes enroulées, auxquelles est suspendu le globe
contenant la grosse ampoule électrique. La colonne
elle-même n'est pas unie, mais ceinte au contraire
de multiples anneaux, de forme et de taille variées,
soulignant à diverses hauteurs des changements de
calibre, des évasements, des constrictions, des ren-
flements en boule ou en fuseau ; ces anneaux
sont particulièrement nombreux vers le sommet du
cône qui constitue le pied du système ; autour de
ce cône serpente une guirlande de lierre stylisé,
moulé dans le métal, qui se reproduit, identique,
sur chaque réverbère.

Mais l'hôpital n'est qu'un bâtiment militaire de
construction classique, au fond d'une vaste cour
nue, couverte de gravier, séparée du boulevard et
de ses arbres sans feuilles par une grille de fer très
élevée, dont la porte est ouverte à deux battants.
De chaque côté, les guérites des factionnaires sont

vides. Au milieu de l'immense cour se dresse un homme seul, un gradé, avec sa tunique à ceinturon et son képi sur la tête ; il est arrêté, il semble réfléchir ; son ombre, noire, se dessine à ses pieds sur le gravier blanc.

Quant à la salle où se trouve le blessé, c'est une chambrée ordinaire, dont les lits métalliques ont été laqués de blanc — décor qui ne conduit à rien, lui non plus, sinon à la boîte enveloppée de papier brun posée sur la planche à paquetage.

C'est donc muni de cette boîte que le soldat marche dans les rues enneigées, le long des hautes façades plates, lorsqu'il cherche le lieu du rendez-vous, hésitant entre plusieurs carrefours semblables, estimant la description qu'on lui a faite très insuffisante pour déterminer avec certitude l'endroit exact, dans cette grande ville à la disposition trop géométrique. Et il finit, de nouveau, par pénétrer dans un immeuble à l'air inhabité, en poussant une porte restée entrouverte. Le couloir, peint en brun foncé jusqu'à mi-hauteur, montre le même aspect désert que les rues elles-mêmes : portes sans paillasson ni carte de visite épinglée, absence de ces menus ustensiles déposés ici ou là pour quelques minutes qui trahissent en général la vie d'une maison, et murs totalement nus, à l'exception toutefois de l'affiche réglementaire imposée par la défense passive.

Et c'est ensuite la porte latérale qui s'ouvre, sur un étroit vestibule où le parapluie gainé de soie noire repose contre un portemanteau de type courant.

Mais une autre issue permet de quitter l'immeuble sans être vu de celui qui vous guette à l'entrée : elle donne sur la rue transversale, à l'extrémité d'un couloir secondaire, perpendiculaire au premier, à gauche de l'escalier qui termine celui-ci. Cette rue est d'ailleurs en tout point semblable à la précédente ; et le gamin s'y trouve à son poste, attendant le soldat au pied du réverbère, pour le conduire jusqu'aux bureaux militaires qui servent plus ou moins de caserne et d'infirmerie.

Ils se sont en tout cas mis en route avec cette intention. Cependant les carrefours se multiplient et les changements subits de direction, et les retours en arrière. Et l'interminable marche nocturne se poursuit. Comme le gamin va de plus en plus vite, le soldat n'arrive bientôt plus à le suivre et il se retrouve seul, sans autre ressource que de quêter n'importe quel abri pour y dormir. Il n'a guère le choix et doit se contenter de la première porte ouverte qu'il rencontre. C'est encore l'appartement de la jeune femme au tablier gris, aux cheveux noirs, aux yeux pâles, à la voix grave. Il n'avait pourtant pas remarqué, tout d'abord, que la pièce où on lui a servi à boire et donné du pain, sous la photographie encadrée du mari en tenue de campagne qui orne la cloison au-dessus de la commode, contenait un divan-lit, en plus de la table rectangulaire couverte d'une toile cirée à carreaux.

En haut du mur qui fait face à ce lit, presque dans l'angle du plafond, il y a une petite ligne noire, très fine, sinueuse, longue d'une dizaine de centimètres ou un peu plus, qui est peut-être une fissure du plâtre, peut-être un fil d'araignée chargé de poussière, peut-être un simple défaut de l'enduit blanc, souligné par l'éclairage cru de l'ampoule électrique qui pend au bout de son fil nu, qui se balance au bout de son fil, dans un lent mouvement de pendule. Au même rythme, mais en sens inverse, l'ombre du personnage aux galons décousus et au pantalon civil (est-ce celui-là que l'invalide nommait le lieutenant ?), l'ombre fixée au sol oscille de droite et de gauche, contre la porte refermée, de part et d'autre du corps immobile.

Ce pseudo-lieutenant (mais les insignes absents de sa vareuse étaient ceux de caporal, dont la trace restait nettement visible sur l'étoffe brune), cet homme qui recueillait ainsi les isolés, blessés ou malades, avait dû auparavant se pencher à une fenêtre du premier étage, celle de préférence qui ouvre juste au-dessus de la porte, pour tâcher d'apercevoir, dans la pénombre, celui qui demandait à entrer. Cela, néanmoins, ne suffit pas à résoudre le principal problème : comment avait-il su que quelqu'un se trouvait sur le seuil ? Le gamin avait-il cogné, en arrivant, contre le battant fermé ? Ainsi le soldat, ayant enfin rejoint son guide, avec un retard notable puisqu'il ne le suivait plus, depuis longtemps, qu'à la trace, ne s'était-il pas douté qu'on venait déjà d'annoncer sa présence. Et, tandis que, juché sur l'étroite marche, il tentait en vain de déchiffrer l'inscription gravée dans la plaque polie, en y passant et repassant le bout des doigts, l'hôte, trois mètres plus haut, détaillait un côté de capote qui dépassait hors de l'embrasure : une épaule, une manche tachée, repliée sur un paquet dont la forme et les dimensions rappelaient celles d'une boîte à chaussures.

Aucune fenêtre cependant n'était éclairée, et le soldat avait cru cette maison, comme les autres, désertée par ses habitants. Ayant poussé la porte, il s'était vite aperçu de son erreur : des locataires y demeuraient encore en grand nombre (comme partout ailleurs, aussi, sans doute) et apparaissaient l'un après l'autre de tous les côtés, une jeune femme se tenant tapie tout au fond du corridor, dans l'angle de l'escalier, une autre femme ouvrant sa porte à l'improviste, sur la gauche, une troisième enfin, sur la droite, donnant l'accès, après quelques hésitations, au vestibule qui ramène une fois de plus à la pièce carrée où le soldat se trouve couché maintenant.

Il repose sur le dos. Ses yeux sont fermés. Les paupières sont grises ainsi que le front et les tempes, mais les deux pommettes sont marquées de rose vif. Sur les joues creuses, autour de la bouche entrouverte et sur le menton, la barbe, très noire, est longue d'au moins quatre ou cinq jours. Le drap, remonté jusqu'au cou, se soulève périodiquement sous l'effet de la respiration, un peu sifflante. Une main, rougeâtre et tachée de noir aux articulations des doigts, dépasse sur le côté et pend au bord du lit. Il n'y a plus, dans la pièce, ni l'homme au parapluie ni le gamin. Seule la femme est là, assise contre la table, mais un peu de biais, de manière à être tournée vers le soldat.

Elle est en train de tricoter un vêtement de laine noire ; mais son travail est encore peu avancé. La grosse pelote est posée près d'elle, sur la toile cirée à carreaux blancs et rouges dont les bords retombent, autour de la table, en faisant aux angles de grands plis raides en forme de cornets renversés.

Le reste de la chambre n'est pas exactement tel que le soldat l'a gardé en mémoire ; sans compter le lit-divan, dont il avait à peine remarqué la présence lors de sa première visite, il y a au moins une autre chose importante à signaler : une haute fenêtre entièrement dissimulée, à présent, par de grands rideaux rouges qui tombent du plafond jusqu'au sol. Le divan, bien que large, a pu aisément passer inaperçu, car il est situé dans le coin que masque le battant de la porte aux yeux de celui qui franchit le seuil ; ensuite le soldat lui tournait le dos, lorsqu'il buvait et mangeait, assis à la table ; et il prêtait en outre peu d'attention à l'ameublement, les sens émoussés par la fatigue, la faim et le froid du dehors. Cependant il s'étonne de n'avoir pas eu le regard attiré par ce qui se trouvait alors, comme en ce moment, juste en face de lui : la fenêtre, ou, en tout cas, les rideaux rouges, faits d'une étoffe mince et brillante qui ressemble à du satin.

Ces rideaux ne devaient pas être fermés ; car, tels qu'ils sont aujourd'hui, étalés en pleine lumière, il est impossible de ne pas être frappé par leur couleur. Sans doute la fenêtre elle-même était-elle donc visible, entre deux bandes rouges verticales, très étroites, peu éclairées, et ainsi beaucoup plus discrètes. Mais, s'il faisait jour, sur quoi donnait cette fenêtre ? Était-ce un paysage de rue qui se découpait en carrés dans les vitres ? Vu la monotonie du quartier, ce spectacle n'aurait certes rien eu de remarquable. Ou bien c'était autre chose : une cour, peut-être si exiguë, si sombre au niveau du rez-de-chaussée, qu'il n'en provenait aucune clarté particulière et que rien ne retenait l'intérêt de ce côté-là, surtout si d'épais voilages empêchaient de distinguer les éléments extérieurs.

En dépit de ces raisonnements, le soldat conserve l'esprit troublé par un tel défaut dans ses souvenirs. Il se demande si autre chose a pu lui échapper de ce qui l'entoure, et continue même à lui échapper maintenant. Il lui paraît très urgent tout à coup de faire un inventaire précis de la pièce. Il y a la cheminée, dont il n'a encore presque rien retenu : une cheminée ordinaire, en marbre noir, surmontée d'une grande glace rectangulaire ; son tablier de fer, levé, laisse voir un amas de cendres grises, légères, mais pas de chenets ; sur la tablette repose un objet assez long, pas très élevé — un centimètre ou deux, seulement, du côté le plus haut — qui ne peut être identifié, sous cet angle de vue, n'étant pas placé suffisamment au bord du marbre (il est même possible qu'il s'étende, en largeur, bien plus qu'il ne paraît) ; dans la glace se reflètent les rideaux rouges, lisses, satinés, dont les plis brillent de reflets verticaux... Le soldat a l'impression que tout cela n'est rien : il faudrait, dans cette chambre, noter d'autres détails, beaucoup plus importants que tous ceux qui précèdent, un détail en particulier, dont il avait eu vaguement conscience en pénétrant ici, l'autre fois, le jour du vin rouge et de la tranche de pain... Il ne se rappelle plus ce que c'était. Il veut se tourner, afin de regarder avec plus de rigueur du côté de la commode. Mais il ne réussit pas à bouger, sinon de façon dérisoire, une sorte de torpeur lui paralysant tout le corps. Seuls les avant-bras et les mains se meuvent avec une certaine aisance.

« Vous avez besoin de quelque chose ? » demande la voix grave de la jeune femme.

Elle n'a pas changé de position, arrêtée au milieu de son ouvrage, son tricot encore tenu devant la poitrine, les doigts encore placés — un index levé, l'autre plié en deux — comme s'ils allaient former une nouvelle maille, la figure encore penchée pour en surveiller la bonne exécution, mais les yeux levés vers la tête du lit. Ses traits sont soucieux, sévères, encore crispés par son application au travail ; ou bien est-ce par l'inquiétude que lui procure ce blessé, tombé chez elle à l'improviste, ou bien pour une autre raison, inconnue de ce dernier.

« Non, dit-il, je n'ai besoin de rien. »

Il parle avec lenteur, d'une façon qui le surprend lui-même, les mots se détachant anormalement les uns des autres sans qu'il le fasse exprès.

« Ça vous fait mal ?

— Non, dit-il. Je ne peux pas... remuer... le corps.

— Il ne faut pas bouger. Si vous avez besoin de quelque chose, demandez-moi. Ça vient de la piqûre que le médecin vous a faite. Il essaiera de passer ce soir, pour vous en faire une autre. » Elle a recommencé à tricoter, de nouveau les yeux baissés sur son ouvrage. « S'il peut, dit-elle encore. On n'est plus sûr de rien, à présent. »

Ce doit être aussi la piqûre qui donne au soldat cette nausée qu'il ressent depuis son réveil. Il a soif ; mais il n'a pas envie de se lever pour aller boire au robinet, dans les lavabos qui sont au bout du couloir. Il va plutôt attendre que revienne l'infirmier à la canadienne de toile et aux bottes de chasseur. Non, ce n'est pas ça : ici, c'est la femme à la voix profonde qui s'occupe de lui. C'est à ce moment, seulement, qu'il s'étonne d'être de retour dans cette pièce, qui appartient à une scène très antérieure. Il se souvient parfaitement de la motocyclette, du couloir obscur où il s'est allongé, bien à l'abri, contre la porte. Ensuite... Il ne sait plus ce qui vient après : ni l'hôpital sans doute, ni le café plein de monde, ni la longue marche à travers les rues désertes, impossible désormais dans son état. Il demande :

« La blessure, c'est grave ? »

193

La femme continue à tricoter, comme si elle n'avait rien entendu. Il répète :

« Qu'est-ce que c'est, la blessure ? »

Il se rend compte, en même temps, qu'il ne parle pas assez fort, qu'il forme les mots sur ses lèvres, mais sans y mettre vraiment de souffle. À la seconde fois, pourtant, la jeune femme a dressé la tête. Elle dépose son ouvrage sur la table, à côté de la grosse pelote noire, et demeure immobile, à le dévisager en silence, avec un air d'attente, ou d'anxiété, ou de peur. Enfin elle se décide à demander :

« Vous avez dit quelque chose ? »

Il répète encore sa question. Cette fois, des sons, faibles mais distincts, sortent de sa bouche, comme si la voix aux intonations trop basses lui rendait l'usage de sa propre parole ; à moins que la femme n'ait deviné les mots en lisant sur ses lèvres.

« Non, dit-elle, ce n'est rien. Tout sera bientôt fini.

— Me lever...

— Non, pas aujourd'hui. Ni demain. Un peu plus tard. »

Mais lui n'a pas de temps à perdre. Il se lèvera ce soir.

« La boîte, dit-il... Où est-elle ? »

Il doit, pour se faire comprendre, recommencer

sa phrase : « La boîte... que j'avais avec moi... »
Un fugitif sourire passe sur le visage tendu :

« Ne vous inquiétez pas, elle est ici. C'est le petit
qui l'a rapportée. Il ne faut pas tant parler. Ça vous
fait mal.

— Non, dit le soldat, ça ne fait pas... très mal. »
Elle n'a pas repris son tricot ; elle reste à le regarder, les deux mains posées sur les genoux. Elle ressemble à une statue. Son visage régulier, aux
contours très fermes, rappelle celui de la femme qui
lui a servi du vin, un jour, autrefois, il y a longtemps.
Il fait un effort pour dire :

« J'ai soif. »

Ses lèvres n'ont même pas dû remuer, car elle
ne se lève ni ne répond, ni ne fait le moindre
geste. Les yeux pâles, d'ailleurs, n'étaient peut-
être même pas arrêtés sur lui, mais sur d'autres
buveurs, situés plus loin, à d'autres tables, vers
le fond de la salle, que son regard continue de
balayer circulairement, ayant dépassé le soldat et
ses deux compagnons, passant maintenant par-
dessus les autres tablées en longeant le mur où
sont collées par quatre punaises les petites affiches blanches dont le texte, imprimé très fin,
retient encore un groupe dense de lecteurs, puis
la vitre de la devanture avec son brise-bise à
fronces qui la masque jusqu'à niveau de visage et
ses trois boules d'émail, en bas-relief sur la face

extérieure, et la neige par derrière, qui tombe en flocons lents, lourds, serrés, d'une chute uniforme et verticale.

Et la couche nouvelle qui se dépose ainsi peu à peu sur les traces de la journée, arrondissant les angles, comblant les dépressions, nivelant les surfaces, a vite fait d'effacer les chemins jaunâtres laissés par les passants le long des maisons, les empreintes isolées du gamin, les deux sillons parallèles que le side-car a creusés au milieu de la chaussée.

Mais il faudrait s'assurer, d'abord, que la neige tombe toujours. Le soldat se propose de le demander à la jeune femme. Le sait-elle, seulement, dans cette chambre sans fenêtre ? Il sera nécessaire qu'elle sorte, afin d'aller voir au dehors, qu'elle franchisse la porte restée entrouverte, qu'elle repasse par le vestibule où attend le parapluie noir, et par la longue succession des couloirs, des escaliers étroits, et encore des couloirs, obliquant à angles droits et se recoupant, où elle risque fort de se perdre avant d'avoir atteint la rue.

Elle est en tout cas bien longue à revenir, et c'est le gamin qui est maintenant assis à sa place, un peu de biais contre la table. Il porte un chandail à col montant, une culotte courte, des chaussettes de laine et des chaussons de feutre. Il se tient le buste dressé, sans s'appuyer au dossier de la chaise ; ses deux bras sont raidis, de chaque côté, les mains s'accrochant aux rebords latéraux de la garniture en paille : ses jambes aux genoux nus se balancent, entre les pieds antérieurs de la chaise, exécutant dans deux plans parallèles des oscillations égales, mais contrariées. Lorsqu'il s'aperçoit que le soldat est en train de le regarder, il arrête aussitôt son manège ; et, comme s'il avait attendu ce moment avec impatience pour éclaircir un point qui le préoccupe, il demande de sa voix sérieuse, qui n'est pas celle d'un enfant :

« Pourquoi tu es ici ?

— Je ne sais pas », dit le soldat.

Le gamin n'a probablement pas entendu la réponse, car il renouvelle sa question :

« Pourquoi on t'a pas mis à ta caserne ? »

Le soldat ne se rappelle plus s'il a, ou non, interrogé la jeune femme à ce sujet. Ce n'est évidemment pas le gamin qui l'a transporté jusqu'ici, ni l'invalide. Il lui faut, aussi, demander si quelqu'un a ramassé la boîte enveloppée de papier brun : la ficelle ne tenait plus, et le paquet a dû se défaire.

« Tu vas mourir ici ? » dit l'enfant.

Le soldat ne connaît pas, non plus, la réponse à cette question-là. Il est du reste étonné qu'on la lui pose. Il va chercher à obtenir des explications ; mais il n'est pas encore parvenu à formuler

197

ses inquiétudes que déjà le gamin a fait demi-tour et s'éloigne à toutes jambes le long de la rue rectiligne, sans même prendre le temps d'une virevolte autour des réverbères en fonte, qu'il dépasse, l'un après l'autre, sans s'arrêter. Seules bientôt demeurent, à la surface unie de la neige fraîche, ses empreintes, au dessin reconnaissable bien que déformé par la course, puis se brouillant de plus en plus à mesure que celle-ci s'est accélérée, devenant à la fin tout à fait douteuses, impossibles à suivre parmi les autres traces.

La jeune femme, elle, n'a pas bougé de sa chaise ; et elle répond sans trop se faire prier, sans doute pour que le blessé se tienne tranquille. C'est l'enfant qui est venu lui dire que le soldat dont elle s'était occupée la veille gisait sans connaissance, dans une entrée de maison, à quelques rues de chez eux, recroquevillé sur lui-même, ne parlant plus, n'entendant rien, ne remuant pas plus que s'il était mort. Elle avait aussitôt décidé de s'y rendre. Un homme se trouvait déjà près du corps, un civil, qui passait à ce moment, par hasard, disait-il, mais qui semblait en fait avoir assisté de loin à toute la scène, caché dans une autre embrasure. Sans aucun mal, elle en fournit le signalement : un homme d'un certain âge, aux cheveux gris très clairsemés, habillé de façon confortable avec des gants, des guêtres et une canne-parapluie à pommeau d'ivoire. Celle-ci était posée sur le sol, en travers du seuil. La porte était grande ouverte. L'homme se tenait à genoux près du blessé, dont il soulevait la main inerte, en appliquant ses doigts sur le poignet afin de sentir la force du pouls ; il était médecin, plus ou moins, quoique n'exerçant pas le métier. C'est lui qui avait aidé à transporter le corps jusqu'ici.

Quant à la boîte à chaussures, la jeune femme n'avait pas remarqué sa position exacte, ni même sa présence ; elle devait être un peu de côté, écartée par le docteur pour procéder plus commodément à ce sommaire examen. Bien que ses conclusions ne fussent guère précises, il jugeait préférable, de toute manière, de coucher le blessé dans un endroit décent, en dépit des risques que représentait un transport sans civière.

Mais ils ne s'étaient pas mis tout de suite en route, car, à peine la décision prise, le bruit de la motocyclette avait recommencé. L'homme s'était hâté de refermer la porte et ils avaient attendu, dans le noir, que le danger fût passé. La moto était allée et venue, plusieurs fois, sillonnant à faible allure les rues avoisinantes, s'approchant, s'éloignant, s'approchant de nouveau, mais son intensité maximum décroissant bientôt, à chaque passage, la machine explorant des voies de plus en plus reculées. Lorsque le bruit n'a plus été qu'un ronronnement difficile à localiser, qu'il fallait même guetter pour percevoir avec certitude, l'homme a rouvert la porte.

Tout était calme aux alentours. Personne ne se risquait plus dans les rues, désormais. Il tombait, dans l'air immobile, quelques flocons de neige épars. À eux deux, ils ont soulevé le corps, l'homme le tenant par les cuisses et la femme par les épaules, sous les aisselles. C'est alors seulement qu'elle a vu le sang qui tachait largement le côté de la capote ; mais le docteur l'a rassurée, affirmant que cela ne voulait rien dire quant à la gravité de la blessure, et il a descendu la marche du seuil, avec précaution, portant adroitement sa part du fardeau, suivi par la jeune femme, plus embarrassée, cherchant à maintenir le soldat dans la position qu'elle jugeait la moins défavorable, parvenant mal à manœuvrer ce corps trop lourd, rectifiant sans cesse sa prise, ne réussissant ainsi qu'à le secouer davantage. Le gamin, trois pas en avant, tenait d'une main le parapluie au fourreau de soie noire et de l'autre la boîte à chaussures.

Le docteur devait ensuite aller prendre chez soi de quoi donner les premiers soins au blessé, en attendant qu'un hôpital puisse l'accueillir (ce qui pouvait encore tarder un peu, dans la désorganisation générale). Mais, comme ils venaient d'atteindre la demeure de la jeune femme, heureusement très proche, ils ont entendu de nouveaux bruits de moteur, plus sourds quoique plus puissants. Ce n'étaient plus cette fois de simples motocyclettes, mais de grosses voitures, ou peut-être des camions. L'homme a donc encore dû patienter un certain temps avant d'oser ressortir. Et ils sont restés tous les trois dans la pièce où ils avaient déposé le soldat, toujours inanimé, sur le lit-divan. Immobiles, debout, ils le regardaient sans rien dire, la femme près du chevet, légèrement courbée en avant au-dessus du visage, l'homme au pied du lit, ayant conservé ses gants de cuir gris et son pardessus fourré, le gamin du côté de la table, avec sa pèlerine et son béret sur la tête.

Le soldat est également demeuré tout habillé : capote, molletières et grosses chaussures. Il est couché sur le dos, les yeux fermés. Il doit être mort, pour que les autres le laissent ainsi. Pourtant la scène suivante le représente dans le lit, les draps remontés jusqu'au cou, écoutant à demi une histoire confuse que lui raconte la même jeune femme aux yeux clairs : une sorte de différend survenu entre le docteur bénévole aux gants gris et un second personnage, qu'elle ne désigne pas clairement mais qui doit être l'invalide. Celui-ci serait en effet rentré à la maison — beaucoup plus tard, après la première piqûre — et aurait voulu faire quelque chose à quoi s'opposaient les deux autres, le docteur en particulier. Bien que le fond de leur désaccord ne soit pas facile à démêler, la violence en est indiquée suffisamment par le maintien des antagonistes, qui se livrent l'un comme l'autre à des gesticulations démonstratives, prennent des attitudes théâtrales, font des mimiques exagérées. L'invalide, appuyé d'une main à la table, finit même par brandir de l'autre sa béquille ; le médecin lève les bras au ciel en ouvrant les doigts, comme un inspiré qui prêche une nouvelle religion, ou comme un chef d'État qui répond aux acclamations de la foule. La femme, apeurée, fait un grand pas de côté, pour s'écarter du foyer de la querelle ; mais, sans ramener le pied demeuré en arrière, elle détourne le buste vers ce qu'elle est en train de fuir, afin de suivre les dernières péripéties qui menacent de devenir dramatiques, tout en se cachant quand même les yeux derrière ses mains, étalées en écran devant son visage. Le gamin est assis par terre, près d'une chaise renversée ; il a les deux jambes allongées sur le sol, où elles forment un V très ouvert ; il tient dans ses bras, refermés contre la poitrine, la boîte enveloppée de papier brun.

Viennent ensuite des scènes encore moins claires — encore plus fausses, aussi, probablement — violentes, quoique le plus souvent muettes. Elles ont pour théâtre des lieux moins précis, moins caractérisés, plus impersonnels ; un escalier y revient à plusieurs reprises ; quelqu'un descend à vive allure, en tenant la rampe, sautant une partie des marches, volant presque en spirale d'un palier à l'autre, tandis que le soldat est obligé, pour ne pas être renversé, de s'effacer dans une encoignure. Puis il descend à son tour, mais plus posément, et, au bout du long corridor, il retrouve la rue enneigée ; et, au bout de la rue, il retrouve le café plein de monde. Tous les personnages y sont à leur place : le patron derrière son bar, le médecin au manteau doublé de fourrure dans le groupe des bourgeois qui se tiennent par-devant, mais posté un peu à l'écart des autres et ne se mêlant pas à leur conversation, l'enfant assis par terre contre un banc surchargé de buveurs, près d'une chaise renversée, tenant toujours la boîte serrée dans ses bras, et la jeune femme en robe froncée, aux cheveux sombres, au port majestueux, élevant son plateau garni d'une unique bouteille par-dessus la tête des consommateurs attablés, le soldat enfin, assis à la plus petite des tables entre ses deux camarades, simples fantassins comme lui, vêtus comme lui d'une capote boutonnée jusqu'au col et d'un calot, fatigués comme lui, ne voyant rien — non plus — autour d'eux, se tenant comme lui raides sur leurs chaises et se taisant comme lui. Ils ont tous les trois exactement le même visage ; la seule différence entre eux est que l'un se présente de profil gauche, le second de face, le troisième de profil droit ; et leurs bras sont pliés pareillement, les six mains reposant de la même façon sur la table, dont la toile cirée à petits carreaux retombe, à l'angle, en plis rigides aux formes coniques.

Est-ce de leur groupe figé que la servante se détourne ainsi, offrant son profil de statue antique, vers la droite, mais le corps déjà orienté dans l'autre sens, en direction de l'homme au costume bourgeois situé légèrement en retrait de son propre groupe, vu de profil également et du même côté, aux traits immobiles comme les siens, comme les leurs ? Un autre personnage encore garde une figure impassible, au milieu des contorsions de toute l'assemblée ; c'est l'enfant, assis par terre au premier plan, sur le plancher à chevrons semblable à celui de la chambre elle-même, continuant pour ainsi dire celui-ci après une courte séparation constituée par la bande verticale de papier rayé, puis, plus bas, par les trois tiroirs de la commode.

Le plancher à chevrons se prolonge au-delà, sans autre interruption, jusqu'aux lourds rideaux rouges, en haut desquels l'ombre filiforme de la mouche poursuit sa ronde, sur le plafond blanc, passant maintenant à proximité de la fissure qui gâte l'uniformité de la surface, près de l'angle du mur, dans le coin droit, juste sous le regard de celui qui est couché sur le divan, la nuque soulevée par le traversin.

Il faudrait se lever pour aller voir de plus près en quoi consiste exactement ce défaut : est-ce bien une fente, ou un fil d'araignée, ou tout autre chose ? Monter sur une chaise serait sans doute nécessaire, ou même sur un escabeau.

Mais, une fois debout, d'autres pensées détourne-raient vite de ce projet-là : le soldat devrait ainsi, d'abord, retrouver la boîte à chaussures, rangée sans doute dans une autre pièce, afin de s'en aller la remettre à son destinataire. Comme il ne peut en être question, pour l'instant, le soldat n'a donc qu'à demeurer immobile, allongé sur le dos, la tête un peu soulevée par le traversin, à regarder droit devant soi.


Cependant il se sent l'esprit plus clair, moins som-nolent, malgré la nausée persistante et l'engourdis-sement progressif de tout son corps, qui s'est encore aggravé depuis la seconde piqûre. Il lui semble que la jeune femme, qui se penche sur lui pour lui tendre à boire, le considère aussi avec plus d'inquiétude.

Elle lui parle à nouveau de l'invalide, contre qui elle paraît avoir une espèce de rancune, ou même de haine. Dans ses discours, elle est déjà revenue plusieurs fois sur cet homme qui partage sa demeure, à propos d'autres sujets, et toujours avec un mélange de réticence et du besoin au contraire de s'expliquer là-dessus, comme si elle avait honte de cette présence, qu'elle chercherait en même temps à justifier, à détruire et à faire oublier. La jeune femme ne précise d'ailleurs jamais la parenté qui les unit. Elle a dû lutter, entre autres choses, pour empêcher l'homme d'ouvrir la boîte à chaussures : il prétendait indispensable de savoir ce qu'elle contenait. Elle-même d'ailleurs s'est demandé ce qu'il faudrait en faire...

« Rien, dit le soldat, je m'en chargerai, sitôt debout.

— Mais, dit-elle, si c'est une chose importante et que vous deviez rester longtemps... »

Elle a l'air subitement saisie d'une véritable angoisse, dont le soldat pense être lui-même responsable, et qu'il voudrait soulager.

« Non, dit-il, ça n'est pas si important.

— Mais que faudra-t-il en faire ?

— Je ne sais pas.

— Vous cherchiez quelqu'un, c'était pour la lui remettre ?

— Pas forcément ; à lui, ou à un autre, qu'il m'aurait indiqué.

— Pour celui-là, c'était important ?

— C'est possible, je n'en suis pas sûr.

— Mais que contient-elle donc ? »

Elle a prononcé cette dernière phrase avec une telle véhémence qu'il se sent obligé de la renseigner, dans la mesure de ses moyens, malgré la fatigue que lui procure cette conversation, malgré le peu d'intérêt qu'il porte lui-même à ce point particulier, malgré la peur qu'il a de décevoir par l'insignifiance de la réponse :

« Pas grand'chose, je crois, je n'ai pas regardé, sans doute des lettres, des papiers, des objets personnels.

— C'était à un ami ?

— Non, un camarade, je le connaissais à peine.

— Il est mort ?

— Oui, à l'hôpital, il était blessé, au ventre.

— Et pour lui, c'était important ?

— Probablement. Il m'avait demandé, je suis arrivé, trop tard, quelques minutes. On m'a remis la boîte, de sa part. Ensuite, quelqu'un l'a appelé, au téléphone. C'est moi qui ai répondu. Son père, je crois, pas tout à fait. Ils n'avaient pas le même nom. Je voulais savoir, ce qu'il fallait faire, avec la boîte.

— Et il vous a donné rendez-vous. »

Oui ; l'homme qui téléphonait a fixé la rencontre dans sa propre ville, celle-ci, où le soldat pouvait essayer de se rendre, chacun agissant désormais à sa guise, dans cette armée en déroute. Le lieu du rendez-vous n'était pas le domicile de l'homme, pour des raisons de famille ou quelque chose de ce genre, mais dans la rue, car tous les cafés fermaient l'un après l'autre. Le soldat a trouvé un camion militaire, transportant de vieux uniformes, qui allait de ce côté-là. Il a dû cependant faire une partie de la route à pied.

Il ne connaissait pas la ville. Il a pu se tromper d'endroit. C'était au croisement de deux rues perpendiculaires, près d'un bec de gaz. Il avait mal entendu, ou mal retenu, le nom des rues. Il s'est fié aux indications topographiques, suivant de son mieux l'itinéraire prescrit. Lorsqu'il a cru être arrivé, il a attendu. Le carrefour ressemblait à la description fournie, mais le nom ne correspondait pas à la vague consonance gardée en mémoire. Il a attendu longtemps. Il n'a vu personne.

Il était certain du jour, en tout cas. Quant à l'heure, il n'avait pas de montre. Peut-être est-il arrivé trop tard. Il a cherché dans les environs. Il a encore attendu à un autre croisement, identique. Il a erré dans tout le quartier. Il est retourné plusieurs fois à l'endroit primitif, autant du moins qu'il était capable de le reconnaître, ce jour-là et les jours suivants. De toute manière il était alors trop tard.

« Quelques minutes seulement. Il venait de mourir, sans qu'on s'en aperçoive. J'étais resté dans un café, avec des sous-officiers, des inconnus. Je ne savais pas. Ils m'ont dit d'attendre un ami, un autre, un conscrit. Il était à Reichenfels.

— Qui donc était à Reichenfels ? » demande la femme.

Elle se penche un peu plus vers le lit. Sa voix grave emplit toute la pièce, tandis qu'elle insiste :

« Qui ? Dans quel régiment ?

— Je ne sais pas. Un autre. Il y avait, aussi, le médecin, avec sa bague grise, appuyé au comptoir. Et la femme, celle de l'invalide, qui servait du vin.

— Mais de quoi parlez-vous ? »

Son visage est tout contre le sien. Ses yeux pâles sont cernés de noir, encore agrandis par l'écarquillement des paupières.

« Il faut aller chercher la boîte, dit-il. Elle a dû rester à la caserne. Je l'avais oubliée. Elle est sur le lit, derrière le traversin...

— Calmez-vous. Reposez-vous. N'essayez plus de parler. »

Elle tend la main vers lui pour remonter le drap. La paume et la face intérieure des doigts portent des traces noires, comme de la peinture, ou du cambouis, qui aurait résisté au lavage.

« Qui êtes-vous ? dit le soldat. Comment faut-il vous appeler ? Quel nom ?... »

Mais elle n'a plus l'air d'entendre. Elle arrange les draps et l'oreiller, reborde la couverture.

« Votre main... » dit encore le soldat. Cette fois il ne peut continuer plus avant.

« Calmez-vous, dit-elle. Ce n'est rien. C'est en vous portant. La capote avait des taches fraîches sur la manche. »

Ils trébuchent à chaque pas, sur la terre molle coupée d'ornières et de sillons transversaux, dans l'obscurité pâlissant çà et là de lueurs fugitives. Ils ont, tous les deux, abandonné leur sac. Le blessé a laissé aussi son fusil. Mais, lui, a conservé le sien, dont la bretelle vient de céder et qu'il est obligé de tenir à la main, horizontalement, par le milieu. Le gamin, trois pas en avant, porte le parapluie de la même façon. Le blessé se fait de plus en plus lourd et s'accroche au cou du soldat, rendant la marche de celui-ci encore plus difficile. Maintenant il ne peut plus bouger du tout : ni les bras ni même la tête. Il ne peut plus que regarder droit devant soi, le pied de la table, dont la toile cirée a été enlevée, le pied de table à présent visible jusqu'en haut : il se termine par une boule surmontée d'un cube, ou plutôt d'un parallélépipède presque cubique, de section horizontale carrée, mais un peu plus grand dans le sens de la hauteur ; la face verticale qu'il présente est ornée d'un dessin, sculpté en creux dans le bois, à l'intérieur d'un cadre rectangulaire qui suit le contour de la face elle-même, une sorte de fleuron stylisé, avec sa tige droite, portant vers le sommet deux petits arcs symétriques, qui divergent de part et d'autre, comme un V aux branches recourbées, à la concavité tournée vers le bas, un peu plus courtes que la partie terminale de la tige axiale, à partir du même point, et..., les yeux ne pouvant rester si longtemps baissés, le regard est contraint de remonter le long des rideaux rouges, pour retrouver bientôt le plafond, et la fissure, mince comme un cheveu, à peine sinueuse, dont la forme, elle aussi, a quelque chose d'à la fois précis et compliqué, qu'il serait nécessaire de suivre avec application de coude en coude, avec ses courbes, tremblements, incertitudes, changements de direction subits, infléchissements, reprises, légers retours en arrière, mais il faudrait encore du temps, un peu de temps, quelques minutes, quelques secondes, et il est déjà, maintenant, trop tard.


À ma dernière visite, la troisième piqûre a été inutile. Le soldat blessé était mort. Les rues sont pleines de troupes en armes, qui défilent en scandant des chants rythmés, aux intonations basses, plus nostalgiques que joyeuses. D'autres passent en camions découverts, sur lesquels les hommes se tiennent assis, raides, le fusil vertical, serré à deux mains, entre les genoux ; ils sont placés sur deux rangées, dos à dos, tournées chacune vers un côté de la rue. Partout circulent des patrouilles et personne n'a le droit de sortir après la tombée de la nuit sans laissez-passer. Il fallait cependant faire la troisième piqûre et seul un véritable médecin aurait eu l'autorisation d'y aller. Heureusement les rues étaient mal éclairées, beaucoup plus mal assurément que les derniers jours, où l'électricité brûlait même en plein midi. Mais, pour la piqûre, il était trop tard. Elles ne servaient d'ailleurs qu'à rendre ses dernières heures moins pénibles au mourant. Il n'y avait rien d'autre à faire.

Le corps est resté chez le faux invalide, qui fera une déclaration en règle, racontant toute l'histoire telle qu'elle s'est réellement passée : un blessé qu'ils ont recueilli dans la rue et dont ils ignorent jusqu'au nom, puisqu'il n'avait aucun papier sur soi. Si l'homme redoute, à cette occasion, un examen de sa jambe et la découverte de son état véritable, la femme pourra se charger elle-même des démarches ; quant à lui, il n'aura qu'à éviter de se montrer lorsqu'ils viendront prendre le mort : ça ne sera pas la première fois qu'il se cachera d'un visiteur.

La femme semble se méfier de lui. Elle n'a pas voulu, en tout cas, le laisser s'occuper du paquet enveloppé de papier brun, qu'il avait pourtant grande envie d'ouvrir. Il croyait que c'était quelque arme secrète, ou du moins ses plans. La boîte est maintenant bien en sûreté — sur le marbre noir, fêlé, de la commode — refermée, rempaquetée, reficelée. Mais le retour, pour la rapporter ici depuis chez eux, n'a pas été facile, au milieu des patrouilles. Le chemin n'était pas très long, heureusement.

Juste avant d'atteindre le but, un ordre bref a retenti : « Halte ! » crié d'une voix forte, à une certaine distance en arrière. La boîte elle-même n'était pas très compromettante, comme on pouvait le supposer ; les imaginations du faux infirme à ce sujet étaient bien entendu absurdes, mais la femme craignait malgré tout que les lettres dont le soldat lui avait parlé ne contiennent des renseignements d'ordre non personnel, d'intérêt militaire ou politique, par exemple, le soldat lui-même ayant montré en maintes circonstances une discrétion exagérée à leur égard. Il valait mieux, de toute façon, ne pas les laisser saisir, d'autant plus que le poignard-baïonnette remis en même temps par la femme risquait, lui, de paraître tout à fait

213

suspect. L'absence de laissez-passer aurait encore aggravé le cas du porteur. La voix forte, impérieuse, a crié « Halte ! » une deuxième fois puis une troisième, et aussitôt une mitraillette a crépité, en brèves rafales. Mais elle devait être trop loin pour viser, et il faisait très sombre à cet endroit. Peut-être même tirait-on en l'air. Après le coin de la rue, il n'y avait plus guère de danger. La porte de l'immeuble n'était pas demeurée entrouverte, naturellement. La clef néanmoins a tourné sans bruit dans la serrure, les gonds n'ont pas grincé, la porte s'est refermée en silence.

Les lettres ne recèlent, à première vue, nul secret, d'aucune sorte, ni d'importance générale ni personnel. Ce sont des lettres ordinaires, telles qu'une fiancée de campagne en envoie chaque semaine à son promis, donnant des nouvelles de la ferme ou des voisins, répétant avec régularité les mêmes formules conventionnelles sur la séparation et le retour. La boîte contient, en outre, une vieille montre en or, sans grande valeur, avec une chaîne de cuivre dédoré ; il n'y a pas de nom gravé à l'intérieur du couvercle qui se rabat sur le cadran ; puis une bague, une chevalière en argent ou en alliage de nickel, telle que les ouvriers s'en fabriquent communément à l'usine, qui est marquée « H.M. » ; enfin, un poignard-baïonnette, du modèle courant, identique en particulier à celui confié par la jeune femme, en même temps que le paquet, et dont elle n'a pas voulu préciser la provenance, disant seulement qu'elle avait peur de le garder chez elle, depuis les nouvelles ordonnances sur la remise des armes, mais qu'elle ne voulait cependant pas le livrer (c'est le faux invalide, sans aucun doute, qui l'a forcée à s'en débarrasser). La boîte n'est pas un emballage de chaussures, c'est une boîte à biscuits, de dimensions analogues, mais en fer-blanc.

Le plus important, dans tout cela, ce sont les enveloppes des lettres : elles portent en suscription le nom — Henri Martin — du soldat à qui elles étaient adressées, et le secteur postal de celui-ci. Au dos se trouvent le nom et l'adresse de la jeune fille qui les a écrites. C'est à elle qu'il faudra expédier l'ensemble, lorsque la poste fonctionnera de nouveau, puisqu'il est impossible désormais de retrouver le père, qui ne s'appelle même pas Martin. Probablement d'ailleurs ne s'était-il proposé comme destinataire provisoire que pour des raisons de commodité : même s'il connaissait le contenu de la boîte, il s'estimait géographiquement plus facile à toucher que la fiancée elle-même. À moins que les lettres seules ne soient destinées à celle-ci, le poignard, la montre et la bague appartenant de droit au père. On peut aussi imaginer que les lettres non plus ne devaient pas revenir à leur expéditrice ; de multiples raisons seraient aisément échafaudées à l'appui de cette thèse.

Plutôt que d'envoyer le paquet par la poste, il serait sans doute préférable de l'apporter et de le remettre en mains propres, avec les ménagements d'usage. La jeune fille pourrait en effet ne pas être encore prévenue de la mort de son fiancé. Seul le père a été mis au courant, lorsqu'il a téléphoné à l'hôpital ; or, du moment qu'il n'est pas le vrai père — ou pas légalement le père, ou d'une façon quelconque pas le père tout à fait — il n'est pas obligé d'être en rapport avec la jeune fille, ni même de connaître son existence ; il n'y a donc pas de raison qu'il lui écrive, sitôt la poste rétablie.

La femme qui a soigné le soldat blessé n'a tiré de lui aucun renseignement, quant à son camarade mort avant lui. Il a parlé beaucoup, vers la fin, mais il avait déjà oublié la plupart des choses récentes ; il délirait d'ailleurs, le plus souvent. La femme assure qu'il était déjà malade, avant sa blessure, qu'il avait de la fièvre et qu'il agissait parfois comme un somnambule. Son fils, un enfant d'une dizaine d'années au visage sérieux, l'avait rencontré auparavant dans la rue, peut-être même à plusieurs reprises, si toutefois c'est bien du même gamin qu'il s'agit à chaque fois, comme cela est vraisemblable en dépit de menues contradictions. Son rôle est primordial puisque c'est lui, par son imprudence, qui a déclenché l'action des occupants du side-car, mais ses nombreuses apparitions ne sont pas toutes déterminantes au même degré. L'invalide, en revanche, ne joue pratiquement aucun rôle. Sa présence matinale aux bureaux militaires de la rue Bouvet, transformés en infirmerie ou centre d'accueil, n'a pas de quoi surprendre, étant donnée la facilité avec laquelle il se déplaçait lorsque personne ne contrôlait sa démarche. Le soldat ne semble pas, du reste, avoir prêté grande attention à ses propos.

Le patron du café, pour sa part, est énigmatique, ou insignifiant. Il ne dit pas un seul mot, ne fait pas un seul geste ; ce gros homme chauve peut aussi bien être un espion ou un indicateur de police, la nature de ses réflexions est impossible à déterminer. Les comparses qui discutent devant lui avec tant d'animation ne lui apprendront rien, en tout cas, qui vaille d'être rapporté à ses chefs éventuels ; ce ne sont que des tacticiens de cabaret qui refont l'Histoire à leur guise, critiquant les ministres, corrigeant les actes des généraux, créant des épisodes imaginaires qui auraient permis, entre autres, de gagner la bataille de Reichenfels. Le soldat, assis à l'avant-dernière table, dans le fond à droite, possède certainement une vue plus réaliste des combats ; aussi n'a-t-il rien à dire à leur sujet ; il doit être seulement en train d'attendre qu'on lui serve à boire, entre ses deux camarades dont le visage n'est pas entièrement visible, l'un se présentant de profil et l'autre de trois-quarts arrière. Son premier changement d'uniforme est explicable par le mépris général, et sans doute injustifié, dont son régiment était l'objet depuis la défaite ; il a préféré, pour entreprendre son voyage, des insignes distinctifs moins remarqués.

Il peut ainsi, sans attirer l'attention, se mêler à la foule, et boire tranquillement dans ce café le vin que la servante s'apprête à lui servir. En attendant, il regarde devant soi, par la grande vitre de la devanture. La neige a cessé de tomber. Le temps s'est radouci progressivement au cours de la journée. Les trottoirs sont encore blancs, mais la chaussée, où les camions n'ont cessé de défiler depuis des heures, est déjà redevenue noire dans toute sa partie médiane, des amas de neige à moitié fondue ayant été chassés vers les caniveaux, des deux côtés du passage ; chaque fois que le soldat traverse une rue latérale, il s'y enfonce jusqu'aux molletières, avec un bruit spongieux, tandis que commencent à flotter, dans l'air du soir, les grains épars d'une fine pluie, où se mêlent encore quelques flocons mouillés, transformés en eau avant même d'avoir atteint la rue.

Le soldat hésite à ressortir du café plein de monde où il est entré pour se reposer un instant. C'est la pluie qu'il contemple, de l'autre côté de la grande glace, derrière le brise-bise à fronces et les trois boules de billard en bas-relief. C'est aussi la pluie que regarde tomber l'enfant, assis par terre, tout contre la vitre, ce qui lui permet de voir à travers le mince voilage. L'averse redouble de violence. La canne-parapluie, dans sa gaine de soie noire, est appuyée au portemanteau, près du pardessus fourré. Mais, sur le dessin, tant d'autres vêtements sont accrochés avec celui-là, accumulés les uns par-dessus les autres, qu'il est difficile de distinguer quoi que ce soit dans l'amoncellement. Juste au-dessous du tableau se trouve la commode, avec ses trois tiroirs dont la face luisante est munie de deux gros boutons en cuivre terni. Dans le tiroir du bas se trouve la boîte à biscuits enveloppée de papier brun. Tout le reste de la pièce est inchangé : les cendres dans la cheminée, les feuilles éparses sur la table, les bouts de cigarettes brûlées emplissant jusqu'au bord le cendrier en verre, la lampe de bureau allumée, les lourds rideaux rouges hermétiquement clos.

Dehors il pleut. Dehors on marche sous la pluie en courbant la tête, s'abritant les yeux d'une main tout en regardant quand même devant soi, à quelques mètres devant soi, quelques mètres d'asphalte mouillé. Ici la pluie n'entre pas, ni la neige, ni le vent ; et la seule fine poussière qui ternit le brillant des surfaces horizontales, le bois verni de la table, le plancher ciré à chevrons, le marbre de la cheminée, celui, fêlé, de la commode, la seule poussière provient de la chambre elle-même, des raies du plancher peut-être, ou bien du lit, ou des cendres dans la cheminée, ou des rideaux de velours dont les plis verticaux montent du sol jusqu'au plafond sur lequel l'ombre de la mouche — qui a la forme du fil incandescent de l'ampoule électrique, cachée par l'abat-jour tronconique de la lampe — passe maintenant à proximité de la mince ligne noire, qui, demeurant dans la pénombre hors du cercle de lumière et à une distance de quatre ou cinq mètres, est d'observation très aléatoire : un court segment de droite, d'abord, long de moins d'un centimètre, suivi d'une série d'ondulations rapides, elles-mêmes festonnées... mais la vue se brouille à vouloir en préciser les contours, de même que pour le dessin trop fin qui orne le papier des murs, et les limites trop incertaines des chemins luisants tracés dans la poussière par les chaussons de feutre, et, après la porte de la chambre, le vestibule obscur où la canne-parapluie est appuyée obliquement contre le portemanteau, puis, la porte d'entrée une fois franchie, la succession des longs corridors, l'escalier en spirale, la porte de l'immeuble avec sa marche de pierre, et toute la ville derrière moi.

CET OUVRAGE A ÉTÉ ACHEVÉ D'IMPRIMER EN NU-
MÉRIQUE LE TRENTE-ET-UN JANVIER DEUX MILLE
VINGT-DEUX DANS LES ATELIERS
D'ISI PRINT (FRANCE)
N° D'ÉDITEUR : 6939

Dépôt légal : février 2022